EL INVITADO DE DRÁCULA

y otros relatos

ALMA CLÁSICOS ILUSTRADOS

EL INVITADO DE DRÁCULA

y otros relatos

BRAM STOKER

Traducción de Jon Bilbao

Ilustrado por
Enrique Corominas

Título original: *Dracula's Guest and Other Weird Stories*

© de esta edición:
Editorial Alma
Anders Producciones S.L., 2024
www.editorialalma.com

  @almaeditorial

© de la traducción: Jon Bilbao
Traducción cedida por Editorial Páginas de Espuma.

© de las ilustraciones: Enrique Corominas

Diseño de la colección: lookatcia.com
Diseño de cubierta: lookatcia.com
Maquetación y revisión: LocTeam, S.L.

ISBN: 978-84-18933-49-3
Depósito legal: B-3846-2024

Impreso en España
Printed in Spain

Este libro contiene papel de color natural de alta calidad que no amarillea (deterioro por oxidación) con el paso del tiempo y proviene de bosques gestionados de manera sostenible.

Índice

El invitado de Drácula

Al empezar nuestro paseo el sol brillaba en Múnich y se respiraba en el aire la alegría propia del inicio del verano. Cuando estábamos a punto de partir, herr Delbrück (el *maître d'hôtel* del Quatre Saisons, donde yo me alojaba) se acercó, con la cabeza descubierta, al carruaje y, después de desearme un paseo agradable, dijo al cochero, sin soltar todavía la manilla de la puerta:

—Recuerde estar de regreso antes de medianoche. El cielo parece despejado, pero en el viento del norte hay un frescor que quizás sea aviso de una tormenta repentina. Aunque estoy seguro de que no volverá usted tarde. —Dicho esto sonrió y añadió—: Ya sabe qué noche es hoy.

Johann respondió con un enfático: *«Ja, mein Herr»*, y, tocándose el sombrero, se puso en marcha con rapidez. Cuando dejamos atrás la ciudad le dije, tras hacerle una seña para que se detuviera:

—Dígame, Johann, ¿qué noche es hoy?

Se santiguó mientras respondía lacónicamente:

—*Walpurgis-Nacht.*

A continuación sacó su reloj, un anticuado artefacto alemán grande como un nabo y lo miró juntando las cejas y con un breve e impaciente encogimiento de hombros. Me di cuenta de que era su modo de protestar respetuosamente por aquel retraso innecesario, así que volví a meterme en el carruaje haciéndole un gesto para que prosiguiera. Se puso en marcha rápidamente, como si deseara recuperar el tiempo perdido. De cuando en cuando los caballos erguían la cabeza y olfateaban con sospecha el aire. En tales ocasiones yo miraba alarmado a mi alrededor. La carretera era desolada, pues atravesábamos una suerte de meseta alta y azotada por el viento. Mientras avanzábamos alcancé a ver un camino con aspecto de estar poco transitado y que penetraba en un valle pequeño y ventoso. Resultaba tan invitador que, a riesgo de molestarlo, pedí a Johann que parara, y cuando hubo tirado de las riendas le dije que me gustaría seguir por aquel camino. Presentó toda clase de excusas y se santiguó varias veces mientras hablaba. Esto me picó la curiosidad y le hice algunas preguntas. Respondió con evasivas, sin dejar de consultar su reloj a modo de protesta. Finalmente dije:

—Johann, quiero ir por ese camino. No le obligaré si de veras no quiere, pero dígame por qué no le gusta, es todo lo que le pido.

Antes de responder nada, pareció arrojarse del pescante, de tan rápido como bajó al suelo. Me tendió las manos en gesto implorante y me suplicó no ir por allí. Había entre su alemán el inglés justo intercalado para que yo siguiera el rumbo de su discurso. Parecía siempre a punto de decirme algo, lo que de veras le asustaba, pero se frenaba cada vez, limitándose a decir, mientras se santiguaba: «*Walpurgis-Natch!*».

Intenté razonar con él, pero era difícil hacerlo con un hombre cuyo idioma yo desconocía. Él jugaba con ventaja porque, aunque arrancaba hablando en inglés, un inglés muy rudimentario y entrecortado, siempre acababa poniéndose nervioso y volviendo a su idioma, y cada vez que lo hacía miraba el reloj. Los caballos se pusieron nerviosos y olfatearon el aire. Cuando esto sucedió, el cochero empalideció y, mirando asustado a su alrededor, corrió a tomarlos por las bridas y los hizo avanzar unos veinte pies. Lo seguí y le pregunté por qué había hecho tal cosa. A modo de respuesta se santiguó, señaló el lugar del que acabábamos de apartarnos y acercó el carruaje al otro camino. Indicándome una cruz dijo, primero en alemán y luego en inglés:

—Enterrado. Uno que se suicidó.

Recordé la vieja costumbre de enterrar a los suicidas en los cruces de caminos.

—Entiendo, un suicida. ¡Qué interesante!

Pero aunque me fuera la vida en ello no podría decir qué era lo que asustaba a los caballos.

Mientras hablábamos oímos un sonido a medio camino entre un gañido y un ladrido. Sonó muy lejos, pero los caballos se inquietaron mucho y a Johann le llevó un buen rato calmarlos. El cochero estaba muy pálido.

—Parece un lobo. Pero aquí ya no hay lobos.

—¿De veras? —pregunté—. ¿No es cierto que hace mucho que no se ven tan cerca de la ciudad?

—Hace mucho, mucho tiempo —respondió—, sobre todo en primavera y verano; pero con nieve se han visto lobos no hace tanto.

Mientras el cochero acariciaba a los caballos intentando colmarlos, unas nubes oscuras corrían por el cielo. Se ocultó el sol y llegó un hálito frío. No fue más que una ráfaga de aire, no obstante, y más similar a una advertencia que a un hecho consumado, ya que pronto el sol volvió a brillar con toda su fuerza. Johann escrutó el horizonte colocando la mano a modo de visera y dijo:

—Tormenta de nieve llegar pronto.

Volvió a consultar el reloj y, de la misma, aferrando las riendas, pues los caballos seguían pateando incansables el suelo y agitando la cabeza, trepó al pescante como si fuera hora de retomar la marcha.

Fui un poco obstinado y no entré en el carruaje.

—Hábleme de adónde lleva ese camino —dije señalando en aquella dirección.

Una vez más se santiguó y farfulló una oración antes de responder: «Está maldito».

—¿Qué está maldito?

—El pueblo.

—¿Entonces hay un pueblo?

—No, no. Desde cientos de años nadie vivir allí.

Me picó la curiosidad.

—Pero dice que hay un pueblo.

—Lo había.

—¿Ya no?

Se enfangó en una larguísima historia, saltando con tanta frecuencia del alemán al inglés y viceversa, que yo apenas podía entenderlo, pero a duras penas capté que hacía mucho tiempo, cientos de años, allí habían muerto muchas personas, a las que habían enterrado en el lugar; y luego se oían ruidos bajo la arcilla, y cuando abrieron las tumbas se encontraron con hombres y mujeres aún con la piel rosácea de los vivos y la boca ensangrentada. Y después, desesperados por salvar la vida ¡y el alma! —y al decir esto se santiguó—, los que quedaban huyeron a otros parajes, donde los vivos vivían y los muertos estaban muertos y no... otra cosa. Quedó manifiesto su miedo a pronunciar estas últimas palabras. Cuando retomó su narración se excitó más y más. Parecía como si su imaginación hubiera hecho presa en él, conduciéndolo a un paroxismo de miedo: piel blanca, sudores, temblores y miradas fugaces alrededor, como si temiera que alguna presencia espantosa pudiera manifestarse a plena luz del sol y en terreno abierto. Finalmente, llevado por una desesperación agónica, exclamó: «*Walpurgis-Nacht!*» y señaló el carruaje para pedirme que montara. La totalidad de mi sangre inglesa se reveló ante eso y, plantándome con firmeza, dije:

—Está usted asustado, Johann, está usted asustado. Vuelva a casa. Yo regresaré por mi cuenta; el paseo me vendrá bien. —Cogí del asiento del carruaje mi bastón de marcha de madera de roble, que siempre llevo en las excursiones, y cerré la puerta. Señalé en la dirección de Múnich y dije—: Vuelva a casa, Johann. La *Walpurgis-Nacht* no afecta a los ingleses.

Los caballos estaban más inquietos que nunca y Johann trataba de contenerlos, mientras no cesaba de implorarme nervioso que no cometiera tal tontería. Me compadecí del pobre hombre, que me hablaba muy en serio, pero aun así yo no podía evitar reírme. Su inglés se había esfumado. Presa del nerviosismo, se había olvidado de que la única forma de hacerme comprender lo que sucedía era hablar en mi idioma, y farfullaba en alemán. Aquello empezaba a resultar aburrido. Tras volver a señalarle la dirección,

«¡A casa!», me dispuse a dejar atrás el cruce de caminos y adentrarme en el valle.

Con expresión desesperada, Johann hizo dar media vuelta a los caballos, en dirección a Múnich. Me apoyé en el bastón y observé cómo se alejaba. Al principio fue despacio, luego hizo aparición sobre la cresta de la colina un hombre alto y delgado. No distinguí más, estando tan lejos. Cuando se acercó a los caballos, estos empezaron a corcovear y cocear, y relincharon de terror. Johann no pudo contenerlos; se lanzaron al galope por la carretera, despavoridos. Los miré hasta que se perdieron de vista. Busqué a continuación al desconocido, pero me encontré con que también él se había esfumado.

Con ánimo despreocupado di media vuelta y eché a caminar por el camino que se adentraba en el valle, por el que Johann había rehusado llevarme. No había ni la menor razón, que yo alcanzara a vislumbrar, para su negativa; y no tengo reparos en decir que caminé durante las dos horas siguientes sin prestar atención a la hora ni a la distancia recorrida, y sin ver ni asomo de personas o de viviendas. Por lo que respecta al lugar, era pura desolación. Pero eso no llamó mi atención particularmente hasta que, al doblar una curva del camino, llegué a un sotillo; me percaté entonces que, de manera inconsciente, me venía sintiendo impresionado por la desolación del paraje.

Me senté a descansar y miré a mi alrededor. Advertí que hacía mucho más frío que cuando inicié el paseo; se oía una suerte de sonido gimiente, en el que se intercalaba de tanto en cuando un bramido sordo. Miré hacia arriba y descubrí que gruesos nubarrones surcaban el cielo desde el norte y hacia el sur, a gran altura. Había indicios de la gestación de una tormenta incipiente en un estrato elevado de la atmósfera. Estaba un poco destemplado así que, pensando que me estaba enfriando por detenerme tras el ejercicio, retomé la marcha.

El terreno por el que ahora iba era mucho más pintoresco. No había elementos llamativos que atrajeran la mirada, pero en todo imperaba una suerte de encanto. No presté atención a la hora y solo cuando el crepúsculo se hizo manifiesto empecé a pensar en cómo dar con el camino de vuelta a casa. La luminosidad previa había desaparecido. Hacía frío y cada vez más nubes se deslizaban por el cielo. Las acompañaba un soplido lejano, entre el que se abría paso a intervalos aquel misterioso aullido que el cochero había atribuido a un lobo. Por un instante vacilé. Pero había dicho que vería el pueblo desierto, así que seguí adelante, y poco después llegué a una amplia extensión de campo abierto, rodeada de colinas. Las laderas de estas se hallaban pobladas de árboles, que descendían hasta la llanura, donde formaban pequeños sotos en las pendientes y declives. Seguí con la vista el camino y vi que trazaba una curva cerca de uno de los sotos más densos y desaparecía tras él.

El aire se tornó más frío y empezó a nevar. Pensé en las millas y millas de paraje desolado que había recorrido, y me apresuré a buscar refugio en el sotillo que tenía delante. El cielo no dejaba de oscurecerse y la nieve caía con más fuerza y más tupida, hasta que el suelo se convirtió en un resplandeciente manto blanco cuyos límites se perdían en una indefinición neblinosa. El camino en aquel punto era muy rudimentario, y en terreno llano sus bordes no estaban tan claros como cuando discurría por laderas; y no tardé en darme cuenta de que en algún momento me había apartado de él, pues bajo mis suelas ya no sentía una superficie dura, sino que los pies se me hundían en la hierba y el musgo. El viento arreció y su fuerza no cesó de aumentar, hasta obligarme a correr para guarecerme. La temperatura se tornó helada y, pese al ejercicio, empecé a sufrir el frío. La nieve caía ahora muy cerrada y giraba a mi alrededor formando vertiginosos remolinos, de manera que yo apenas podía mantener los ojos abiertos. De cuando en cuando un nítido rayo rasgaba los cielos, y los destellos me permitieron ver, frente a mí, una gran masa de árboles, tejos y cipreses sobre todo, cubiertos por una gruesa capa de nieve.

Estuve pronto al cobijo de los árboles, y allí dentro, en el silencio que reinaba en comparación, oí el soplido del viento en las alturas. Poco después la negrura de la tormenta se confundió con la de la noche y, poco a poco, la tormenta fue pasando; ya solo quedaban de ella unas ráfagas de viento, fuertes pero intermitentes. En tales momentos, el extraño sonido del lobo parecía multiplicarse en forma de ecos a mi alrededor.

De cuando en cuando, entre la negra masa de nubes en movimiento asomaba un lánguido rayo de luz lunar que iluminaba el lugar y me informaba de que me encontraba al borde de una densa masa de cipreses y tejos. Como había dejado de nevar, abandoné el refugio e investigué un poco. Se me ocurrió que, entre todos los antiguos cimientos junto a los que había pasado, a lo mejor quedaba alguna casa que, si bien en ruinas, pudiera proporcionarme un buen cobijo para pasar unas horas. Al rodear el sotillo, descubrí un muro bajo que lo rodeaba y, siguiéndolo, llegué a una abertura. Los cipreses formaban allí un sendero que conducía a la cuadrada silueta de una suerte de construcción. Pero en el momento preciso en que alcancé a ver esto, las nubes ocultaron la luna y hube de recorrer el sendero entre tinieblas. El viento debía de ser más frío ahora, pues me puse a temblar; pero al menos contaba con la perspectiva de un refugio, así que seguí adelante a tientas.

Me detuve, en respuesta a una quietud repentina. La tormenta había pasado y, simpatizando quizás con el silencio de la naturaleza, mi corazón parecía haber cesado de latir. Pero fue solo algo pasajero, pues de pronto la luz de la luna se abrió paso entre las nubes, revelándome que me hallaba en un cementerio, y que la silueta cuadrada ante mí era una enorme y maciza tumba de mármol, tan blanca como la nieve que yacía sobre ella y a su alrededor. Junto con la luz de la luna llegó el fiero lamento de la tormenta, que parecía haber retomado su curso con un aullido sordo y prolongado, como el de numerosos perros o lobos. Yo estaba impresionado y asustado, y sentí cómo el frío penetraba en mí hasta atenazarme el corazón. Mientras el manto de luz lunar continuaba tendido sobre la tumba de mármol, la tormenta dio muestras adicionales de recobrar fuerzas, como si volviera sobre sus pasos. Impulsado por alguna clase de fascinación, me aproximé al sepulcro para verlo mejor y averiguar por qué ocupaba un lugar aislado y destacado en aquel lugar. Caminé a su alrededor y, sobre la puerta dórica, leí, escrito en alemán:

CONDESA DOLINGEN DE GRAZ
EN ESTIRIA
BUSCÓ Y HALLÓ LA MUERTE
1801

En lo alto de la tumba, aparentemente clavada en el sólido mármol —pues la estructura la componían unos pocos e inmensos bloques de piedra—, había una gran barra de hierro, o quizás un gran pincho. En la parte trasera de la tumba figuraba grabado en grandes caracteres rusos:

«Los muertos viajan de prisa».

Había algo tan raro y misterioso en todo aquello que sufrí un vahído y sentí que me faltaban las fuerzas. Deseé, por primera vez, haber seguido el consejo de Johann. Me asaltó un pensamiento, inspirado por las inusuales circunstancias en que me encontraba y que me causó una terrible impresión. ¡Era la noche de Walpurgis!

La noche de Walpurgis, cuando, de acuerdo con la creencia de millones de personas, el diablo anda suelto, cuando las tumbas se abren y los muertos emergen y caminan sobre la tierra. Cuando todo lo maligno proveniente de la tierra, el aire y el agua campa a sus anchas. El cochero había querido evitar aquel sitio en particular. Aquel pueblo abandonado hacía siglos. Allí era donde yacían los suicidas, y allí era donde me hallaba yo, solo, desguarnecido, temblando de frío, rodeado de nieve y con una fuerte tormenta cerniéndose sobre mí. Hube de recurrir a toda la filosofía y a toda la religión que me habían inculcado, a todo mi valor, para no ceder al miedo.

Y a continuación un auténtico tornado cayó sobre mí. El suelo tembló como si miles de caballos lo surcaran al galope; y esta vez la tormenta desplegó sus heladas alas, no en forma de nieve, sino de gruesas piedras de granizo, que caían con tanta fuerza como si fueran lanzadas por honderos baleares; granizo que rompía hojas y ramas de manera que los cipreses no prestaban más cobijo del que proporcionarían los tallos de un maizal. Mi primera reacción fue correr hacia el árbol más próximo, pero pronto hube de abandonarlo y buscar protección en el único sitio que podría proporcionarla, el profundo umbral dórico de la tumba de mármol. Allí, acurrucado contra la gran puerta de bronce, me vi aceptablemente a salvo del castigo del granizo, dado que ahora solo llegaban hasta mí las piedras que salían rebotadas tras chocar contra el suelo o el mármol.

Al apoyarme en la puerta, esta cedió y se abrió hacia dentro. Incluso el refugio de una tumba resultó bienvenido bajo aquella tempestad implacable, y estaba yo a punto de entrar cuando un rayo de múltiples brazos iluminó toda la extensión del cielo. Juro por mi vida que vi entonces, cuando los ojos se me habituaron a la oscuridad de la tumba, a una hermosa mujer, de mejillas rellenas y labios rojos, que parecía dormir tendida sobre unas andas. Cuando el trueno restalló en las alturas, sentí como si la mano de un gigante me apresara y me vi arrojado de nuevo bajo la tormenta. Fue todo tan repentino que, antes de reponerme de la impresión, tanto moral como física, me encontré acribillado por el granizo. Al mismo tiempo experimenté la sensación extraña e imperiosa de no hallarme solo. Miré hacia la tumba. Cayó justo entonces otro relámpago cegador, que golpeó la barra de hierro que coronaba la tumba y a través de la cual descendió hasta el suelo, sacudiendo y quebrando el mármol, entre una ráfaga de llamaradas. La muerta se alzó por un instante, presa de la agonía, lamida por las llamas, y su amargo grito de dolor quedó ahogado por el trueno. Lo último que oí fue esa aterradora combinación de sonidos, pues una vez más me vi atrapado por la misma presa de gigante de antes y alejado a rastras, mientras el granizo me ametrallaba y el aire reverberaba con el aullido de los lobos. La última imagen que recuerdo es la de una tenue y blanca masa en movimiento, como si todas las tumbas a mi alrededor hubieran expulsado los fantasmas de sus muertos amortajados, y estos se cernieran sobre mí a través de la blanca borrosidad del granizo.

Poco a poco fui recobrando un débil inicio de conciencia; a continuación padecí un cansancio aterrador. Por unos momentos no pude recordar nada, pero lentamente recobré el uso de los sentidos. Un fuerte dolor me atormentaba los pies; no podía moverlos. Parecían paralizados. Una sensación de frío helador partía de mi nuca y descendía por la columna vertebral, y mis oídos, al igual que los pies, estaban muertos, pero me dolían; no obstante, sentía en el pecho una calidez que, en comparación, resultaba deliciosa. Se trataba de una pesadilla, una pesadilla física, si es que puede emplearse tal expresión, pues un gran peso sobre mi pecho me dificultaba respirar.

Ese periodo de semiletargo pareció prolongarse largo tiempo, durante el que debí de caer dormido o desvanecerme. Experimenté a continuación náuseas, como un primer asomo de mareo, y el deseo irrefrenable de liberarme de algo, no sabía de qué. Me rodeaba una profunda quietud, como si el conjunto del mundo se hubiera dormido o muerto, rota tan solo por el leve jadeo de algún animal próximo a mí. Algo caliente me raspó la garganta, y con ello llegó la espantosa revelación de lo que estaba sucediendo, helándome el corazón y haciendo que la sangre me subiera en oleadas al cerebro. Había un animal grande tendido sobre mí, lamiéndome el cuello. Evité moverme, una prudencia instintiva me hizo quedarme inmóvil; pero la bestia debió de percatarse de que algún cambio se había producido, pues alzó la cabeza. Entre las pestañas, vi sobre mí los grandes ojos llameantes de un lobo inmenso. Los dientes, blancos y afilados, brillaban en la boca entreabierta y roja, y sentí su aliento, caliente, fuerte y acre, en la cara.

Siguió otro intervalo del que no conservo ningún recuerdo. Cobré a continuación conciencia de un gruñido sordo, seguido por un gañido, que se repitió una y otra vez. Proveniente de muy lejos oí: «¿Hay alguien ahí? ¿Hay alguien ahí?», como si muchas voces gritaran a la vez. Con cautela, levanté un poco la cabeza y miré en la dirección de la que provenía el sonido, pero el cementerio me bloqueaba la vista. El lobo seguía gañendo de aquel modo extraño, y un resplandor rojizo hizo aparición entre los cipreses y se desplazó como si siguiera el sonido. Cuando las voces se acercaron, el lobo gañó más rápido y más fuerte. Me daba miedo hacer cualquier movimiento o ruido. El resplandor rojizo se acercó más, reflejado en el blanco palio de nieve. Proveniente del otro lado de los árboles apareció una tropa de jinetes al galope, portando antorchas. El lobo se levantó de mi pecho y se alejó hacia el cementerio. Vi a uno de los jinetes (soldados, a juzgar por sus tocados y los amplios capotes militares) alzar su carabina y apuntar. Un compañero le apartó el arma de un golpe y oí silbar la bala sobre mi cabeza. Me había confundido con el lobo. Otro soldado avistó al animal mientras este se escabullía y hubo un segundo disparo. Al galope, la tropa siguió adelante, dividiéndose en dos; unos en mi dirección, otros siguiendo al lobo, que desapareció entre los cipreses nevados.

Cuando se acercaron traté de moverme, pero estaba inerme, pese a que podía ver y oír cuanto sucedía. Dos o tres soldados echaron pie a tierra y se arrodillaron junto a mí. Uno me alzó la cabeza y me puso una mano sobre el corazón.

—¡Buenas noticias, camaradas! —exclamó—. ¡Su corazón aún late!

Me vertieron un poco de brandi en la boca, que me revigorizó, y pude abrir los ojos del todo y mirar alrededor. Luces y sombras se movían entre los árboles, y oí a los hombres llamarse entre ellos. Se agruparon, profiriendo exclamaciones de miedo, y las luces centellearon cuando otro grupo emergió del cementerio en tropel, como poseídos. Cuando se acercaron a nosotros, los que estaban conmigo preguntaron ansiosos:

—¿Lo habéis encontrado?

La respuesta llegó atropelladamente.

—¡No, no! ¡Vayámonos de aquí! ¡Rápido! Este no es sitio para estar, ¡y menos esta noche!

«¿Qué era eso?», fue la pregunta que formulaban de un centenar de maneras. Las respuestas eran diversas e inconcretas, como si los hombres sintieran el impulso de hablar y aun así un miedo compartido les llevara a callar lo que pensaban.

—Era... era... ¡Ya lo creo que sí! —farfulló uno, al que el juicio parecía haberle abandonado de manera pasajera.

—Un lobo, ¡pero en realidad no! —dijo otro con un escalofrío.

—De nada sirve ir tras él si no tenemos una bala previamente bendecida —comentó otro en tono más normal.

—¡Por esta noche ya hemos cumplido! ¡Nos hemos ganado los mil marcos! —exclamó un cuarto.

—Había sangre en los trozos de mármol —dijo otro tras una pausa— y eso no fue por el rayo. En cuanto a él, ¿está bien? ¡Fijaos en su garganta! Mirad, camaradas, el lobo estaba tumbado sobre él para mantenerlo caliente.

El oficial me miró la garganta y contestó:

—Se encuentra bien. La piel no está desgarrada. ¿Qué significa esto? Nunca lo habríamos encontrado de no haber sido por los gañidos del lobo.

—¿Qué ha sido de esa cosa? —preguntó el que me sostenía la cabeza, y que parecía el menos afectado por el pánico; sus manos estaban firmes, sin asomo de temblor. En la manga llevaba un galón de oficial de bajo rango.

—Se ha ido a su casa —respondió un hombre de rostro alargado y pálido, que temblaba de miedo mientras no dejaba de mirar a su alrededor—. Aquí hay tumbas de sobra donde puede yacer. Vayámonos, camaradas. ¡Vayámonos rápido! Salgamos de este sitio maldito.

El oficial me irguió hasta dejarme sentado y pronunció una orden; entre varios hombres me subieron a un caballo. El oficial montó detrás de mí, me sujetó entre sus brazos y dio orden de ponerse en marcha. Dando la espalda a los cipreses, nos alejamos deprisa y en formación.

Mi lengua seguía rehusando funcionar, así que yo permanecía forzosamente en silencio. Debí de dormirme porque lo siguiente que recuerdo es estar en pie, sujetado por un soldado a cada costado. Era casi pleno día y al norte el sol proyectaba una lista roja sobre la extensión de nieve. El oficial decía a los hombres que no contaran nada de lo que habían visto, salvo que encontraron a un inglés protegido por un perro grande.

—¡Un perro! Eso no era un perro —lo interrumpió el hombre que tanto miedo había manifestado—. Sé reconocer a un lobo cuando lo veo.

El joven oficial respondió con serenidad:

—He dicho un perro.

—¡Un perro! —replicó el otro irónicamente. Con la salida del sol estaba recuperando el valor. Señalándome, dijo—: Mire su garganta. ¿Es eso obra de un perro, señor?

Instintivamente, me llevé la mano al cuello, y al tocarlo grité de dolor. Los hombres se arremolinaron a mi alrededor para mirar, algunos tras saltar de sus sillas de montar, y una vez más se oyó la serena voz del oficial.

—Un perro, como he dicho. Si dijéramos cualquier otra cosa solo conseguiríamos que se rieran de nosotros.

Me hicieron montar a la espalda de uno de los jinetes y entramos en los suburbios de Múnich. Allí encontramos un carruaje libre, al que monté y que me llevó al Quatre Saisons; el joven oficial me acompañó, mientras que un jinete nos seguía llevando el caballo de aquel y los demás se retiraban a sus barracones.

Cuando llegamos, herr Delbrück bajó tan apresuradamente a recibirme que resultó evidente que me había estado esperando. Tomándome las manos me condujo con gran cuidado al interior. El oficial me saludó y ya se estaba dando media vuelta para irse cuando le insistí para que me acompañara a mis habitaciones. Con una copa de vino en la mano le di sentidamente las gracias, a él y a sus camaradas, por salvarme. Respondió que estaba feliz de haberlo hecho y que herr Delbrück se había ocupado desde el primer momento de gratificar a la partida de búsqueda. Ante esas desconcertantes palabras, el *maître d'hôtel* se limitó a sonreír; por su parte, el oficial adujo que el deber lo llamaba y se retiró.

—Herr Delbrück —pregunté—, ¿cómo y por qué razón fueron los soldados en mi búsqueda?

Se encogió de hombros, como si quisiera quitar importancia a lo que había hecho.

—Tuve la suerte de que mi antiguo comandante de regimiento me concediera permiso para solicitar voluntarios.

—¿Pero cómo sabía usted que me había perdido?

—El cochero vino a verme con lo que quedaba del carruaje, que sufrió serios desperfectos cuando los caballos se desbocaron.

—¿Y solo por eso envió usted una partida militar de búsqueda?

—Claro que no —respondió—. Antes incluso de que llegara el cochero, recibí este telegrama del boyardo que lo ha invitado a usted.

Sacó del bolsillo un telegrama que me tendió y en el que leí:

> *Bistrita.*
>
> Cuide usted de mi invitado. Su seguridad es de lo más preciada para mí. Si algo le sucediera, o en caso de perderse, no repare usted en medios para encontrarlo y garantizar su seguridad. Es inglés y, por lo tanto, temerario. La nieve, los lobos y la noche son fuentes de peligro. No se demore un instante si sospecha de cualquier perjuicio que él pueda sufrir. Compensaré su celo con mi fortuna.
>
> Drácula

Mientras sostenía el telegrama sentí que la habitación daba vueltas a mi alrededor, y si el atento *maître d'hôtel* no me hubiera sujetado, habría caído al suelo. Había algo tan extraño en todo aquello, tan inquietante e imposible de concebir, que me sentí como si fuerzas desconocidas jugaran conmigo, idea que bastó para paralizarme. Me hallaba bajo alguna forma de protección misteriosa. Desde un país lejano había llegado, justo a tiempo, un mensaje que me rescató del peligro de morir congelado y de las fauces del lobo.

El sueño de las manos rojas

Lo primero que me contaron sobre Jacob Settle fue una sencilla descripción: «Es un tipo infeliz», pero me pareció que reflejaba perfectamente la opinión de sus vecinos y compañeros de trabajo. Más que una mera opinión, la frase albergaba cierta tolerancia relajada, una completa ausencia de sentimiento positivo, que dejaba manifiesta la posición que aquel hombre ocupaba en la estima pública. No obstante, existía una desemejanza entre lo que tal afirmación transmitía y la persona real que me hizo reflexionar y, poco a poco, a medida que fui conociendo mejor el lugar y a los vecinos, empecé a sentir un interés creciente por Jacob Settle. Averigüé que no escatimaba los actos bondadosos, sin incurrir en dispendios económicos más allá de sus humildes posibilidades, sino mediante diversas manifestaciones de previsión, paciencia y sacrificio personal, formas de caridad mucho más sinceras. Mujeres y niños confiaban en él de manera instintiva, pese a que, por extraño que parezca, él los evitaba, salvo cuando alguien estaba enfermo, ocasión en que él acudía a prestarle ayuda en la medida en que le era posible, con timidez y cierta torpeza de comportamiento. Llevaba una vida solitaria, en una casita minúscula, más bien una cabaña, de una sola estancia, que mantenía él solo, más allá de los límites del páramo. Su existencia me pareció tan triste y aislada que deseé animarlo un poco, así que cuando ambos coincidimos visitando a un muchacho al que yo había herido por accidente, aproveché la ocasión para ofrecerme a prestarle unos libros. Aceptó gustoso, y cuando nos separamos bajo la grisura del crepúsculo sentí que cierta confianza mutua había nacido entre nosotros.

Siempre me devolvía los libros puntualmente e impolutos y con el transcurso del tiempo Jacob Settle y yo llegamos a ser amigos. En un par de ocasiones, cuando yo paseaba por el páramo los domingos por la tarde, fui a visitarlo, pero él se mostraba tan tímido e incómodo que me volví reacio a pasar a verlo. Él nunca, bajo ninguna circunstancia, fue a mi casa.

Un domingo por la tarde, volvía yo de dar un largo paseo por el páramo y al pasar frente a la casa de Settle me detuve a saludar. Como la puerta estaba cerrada pensé que habría salido, así que llamé nada más que por probar, o por la fuerza del hábito, sin esperar que nadie respondiera. Para mi sorpresa, oí una voz débil procedente del interior, aunque no pude entender lo que decía. Entré y encontré a Jacob tendido en la cama, medio vestido. Estaba pálido como un cadáver y gotas de sudor le corrían por la cara. Sus manos aferraban inconscientemente la ropa de cama, igual que el hombre que se está ahogando se aferra a lo que sea. Cuando me acerqué, se irguió, con una mirada ida, aterrada, en los ojos fijos y abiertos de par en par, como si una aparición horrorosa se hubiera presentado ante él, pero cuando me reconoció se dejó caer sobre la almohada con un acallado gemido de alivio y cerró los ojos. Volvió a abrirlos y me miró, pero con una expresión tan desesperada y afligida que, lo juro por mi vida, yo jamás había presenciado un rostro que transmitiera tanto horror. Tomé asiento a su lado y me interesé por su salud. Pasó un rato sin responder, salvo para decirme que no estaba enfermo, pero a continuación, tras escrutarme, se irguió a medias apoyándose en un codo y dijo:

—Agradezco su amabilidad, señor, pero es la verdad lo que le digo. No padezco ninguna enfermedad, tal como los hombres lo entienden, pero sabe Dios si no existen enfermedades peores que las que conocen los médicos. Se lo contaré, pues es usted tan amable conmigo, pero confío en que nunca diga usted nada a alma viviente alguna, porque eso me acarrearía desgracias añadidas y mayores. Es un mal sueño lo que me hace padecer.

—¡Un mal sueño! —dije con la esperanza de animarlo—. Los malos sueños se desvanecen con el amanecer. Ni siquiera eso, basta con despertarse.

Me callé de repente, porque sin necesidad de que él dijera nada leí su respuesta en la mirada desolada que dirigió a su pequeña morada.

—¡No! ¡No! Es así para la gente que disfruta de una vida confortable, junto a sus seres queridos. Para quienes viven solos y no les queda más opción que hacerlo así, es mil veces peor. ¿Qué alegría puedo esperar cuando me despierto aquí, en el silencio de la noche, con el ancho páramo a mi alrededor, repleto de voces y rostros que hacen de mi despertar una pesadilla peor que la que padecía en sueños? Ah, joven señor, usted no tiene un pasado que envía sus legiones para poblar la oscuridad y el vacío, y ruego a Dios que nunca lo tenga.

Había una convicción tan absoluta e indiscutible en sus palabras que renuncié a minimizar los inconvenientes de su vida solitaria. Me sentí en presencia de alguna influencia secreta que escapaba a mi discernimiento. Para mi alivio, pues no sabía qué decir, prosiguió.

—He tenido el mismo sueño durante dos noches. La primera ya fue bastante malo, pero logré soportarlo. La pasada noche la espera fue casi peor que el sueño en sí, hasta que este llegó y barrió todo recuerdo de padecimientos menores. Me quedé despierto hasta justo antes del amanecer, y entonces lo soñé de nuevo, y desde ese momento vivo presa de una agonía como la que seguro padece quien se halla al filo de la muerte, a la que hay que sumar el temor por lo que sucederá esta noche.

Antes de que terminara de hablar, yo ya había tomado una decisión y me pareció que podía dirigirme a él de modo más relajado.

—Váyase a dormir temprano, antes incluso del crepúsculo. El sueño le hará sentirse bien de nuevo, y le prometo que no habrá más pesadillas.

Meneó la cabeza, nada convencido, así que me quedé un rato más haciéndole compañía.

Cuando llegué a mi casa hice los preparativos para esa noche, habiendo decidido compartir la solitaria vigilia de Jacob Settle en su cabaña del páramo. Calculé que, si se iba a la cama antes del atardecer, se despertaría al filo de la medianoche, así que, cuando las campanas de la ciudad tocaban las once, me presenté ante su puerta armado con una bolsa donde llevaba mi cena, una petaca extragrande de licor, un par de velas y un libro. La luna alumbraba el páramo casi como si fuera de día, pero de vez en cuando unas nubes oscuras surcaban el cielo, causando una oscuridad que, en comparación, parecía tangible. Abrí con cuidado la puerta y pasé sin despertar a Jacob, que dormía con el pálido rostro mirando hacia el techo. Estaba inmóvil y, una vez más, empapado en sudor. Traté de imaginar qué clase de imágenes discurrían ante aquellos ojos cerrados que fueran capaces de provocar todo el dolor y la miseria estampadas en su cara, pero fui incapaz y me limité a esperar a que despertara. Sucedió esto de manera súbita, y de modo tal que me encogió el corazón, pues el ronco lamento que surgió de entre los pálidos labios de Jacob, cuando este se irguió a medias y seguidamente se dejó caer de nuevo sobre la cama, era la manifestación o conclusión indiscutible del hilo de pensamientos que lo había precedido.

«Si se trata de un sueño —me dije—, debe de estar basado en un hecho real y terrible. ¿Cuál pudo ser aquel episodio desgraciado del que hizo mención?».

Mientras yo pensaba así, él se percató de mi presencia. Me pareció extraño que no pasara por ese hiato de duda que experimenta quien acaba de despertarse y durante el que no termina de discernir si sigue o no dormido. Con una exclamación de regocijo, tomó mi mano entre las suyas, húmedas y temblorosas, igual que un niño asustado se aferra a alguien a quien quiere. Traté de calmarlo.

—Tranquilo, tranquilo. No sucede nada. He venido para quedarme con usted esta noche, y juntos nos enfrentaremos a ese mal sueño.

Soltó de repente mi mano, se dejó caer en la cama y se tapó los ojos con las manos.

—¿Enfrentarnos a él? ¡Al sueño! ¡No, señor, no! No existe poder terrenal que pueda enfrentarse a ese sueño, pues proviene del mismísimo Dios, y está marcado a fuego aquí dentro —dijo golpeándose la frente, tras lo que prosiguió—: Es el mismo sueño, siempre, pero su poder para torturarme crece cada vez.

—¿Cómo es ese sueño? —pregunté, pensando que hablar de él podría reportarle algún alivio, pero reculó, apartándose de mí.

Al cabo de una larga pausa dijo:

—No, es mejor que no hable de él. Puede que no vuelva a suceder.

Estaba claro que me ocultaba algo, algo relacionado con el sueño.

—Muy bien —dije—. Espero que no vuelva a sucederle. Pero si lo sueña de nuevo, me lo contará, ¿de acuerdo? No se lo pido por mera curiosidad, sino porque opino que hablar puede aliviarlo.

Me respondió con lo que juzgué una solemnidad excesiva.

—Si vuelvo a soñarlo, se lo contaré.

Después intenté distraerlo llevándolo a temas más mundanos, así que dispuse la cena y le hice compartirla conmigo, incluido el contenido de la petaca. Poco después ya estaba más animado, encendí un cigarro, le ofrecí otro y fumamos durante una hora, hablando de infinidad de cosas. Poco a poco el confort de su cuerpo se trasladó a su mente, y vi cómo el sueño apoyaba sus acariciadoras manos sobre sus párpados. También él percibió el sopor y me dijo que ya se sentía bien y que yo podía irme con tranquilidad, pero le respondí que, para bien o para mal, tenía intención de quedarme hasta que saliera el sol. Así que encendí la otra vela y me puse a leer, mientras él caía dormido.

Poco a poco, me enfrasqué en el libro, tanto que me sobresalté cuando al final se me cayó de entre las manos. Jacob seguía dormido y me alegró la expresión de inusitada felicidad de su rostro, mientras que sus labios se movían pronunciando palabras inaudibles. Retomé la lectura y un rato después volví a despertarme sobresaltado, pero en esta ocasión un escalofrío me dejó helado hasta el tuétano cuando oí la voz proveniente de la cama.

—¡No con esas manos rojas! ¡Nunca! ¡Nunca!

Jacob continuaba dormido. Se despertó, sin embargo, un instante después y no se sorprendió de verme; una vez más demostró una extraña apatía respecto a cuanto lo rodeaba.

—Cálmese —dije—. Cuénteme su sueño. Hable con libertad, consideraré sus palabras sagradas. Mientras ambos vivamos no diré nada a nadie de lo que usted decida confiarme.

—Dije que lo haría, pero es mejor que antes le cuente algo anterior al sueño, para que pueda comprenderlo. Cuando era yo muy joven, trabajaba como maestro. Ejercía en una escuela parroquial en un pueblecito del West Country. No hay necesidad de dar nombres. Es mejor que no. Yo estaba comprometido con una chica a la que quería y casi reverenciaba. Fue la típica historia. Mientras esperábamos el momento en que pudiéramos permitirnos vivir juntos, entró en escena otro hombre. Era casi tan joven como yo, y apuesto, y un caballero, con todo el repertorio de modales caballerescos que tan atractivos resultan a las mujeres de nuestra clase. Él iba de pesca y ella se encontraba con él mientras yo estaba en la escuela. Intenté razonar con ella y le imploré que dejara de verlo. Le ofrecí casarnos sin dilación e irnos y empezar de cero en otro sitio, pero no quiso escucharme, estaba infatuada. Decidí ocuparme personalmente del asunto y reunirme con aquel hombre para pedirle que se comportara debidamente con ella, pues creía yo que podía albergar intereses honestos; de ese modo no habría posibilidad de habladurías. Fui en su busca, habiendo elegido un sitio donde nadie nos molestaría. Y en efecto, nos encontramos.

Llegado a este punto, Jacob Settle hizo una pausa y jadeó en busca de aire, como si algo se le hubiera quedado atravesado en la garganta.

—Señor, tan seguro como que existe un Dios sobre nosotros —prosiguió—, mi corazón no albergaba ninguna intención egoísta aquel día. Yo amaba a mi preciosa Mabel demasiado como para contentarme con solo una parte de su amor, y había reflexionado sobre mi desgracia lo bastante a menudo como para concluir que, decidiera ella lo que decidiera, no había esperanza para mí. Él se mostró insolente conmigo. Usted, señor, siendo un caballero, desconoce, quizás, lo hiriente que puede ser la insolencia de alguien de clase superior a la de uno. Pero lo aguanté. Le imploré que se comportara debidamente con la chica, porque lo que para él podía no ser más que un pasatiempo con el que ocupar un momento ocioso, a ella podía arruinarle la vida. Porque yo nunca había dudado del amor de ella, ni me había planteado que pudiera llegar a sufrir la peor de las desgracias; todo cuanto temía era el quebranto de su corazón. Pero cuando le pregunté cuándo planeaba casarse con ella, su risa me indignó en tal extremo que perdí los nervios y le aseguré que no me quedaría al margen, viendo cómo la vida de Mabel acababa arruinada. También él se encolerizó, y llevado por la cólera dijo de ella cosas tan crueles que juré que aquel hombre no viviría para herirla. Sabe Dios cómo sucedió, porque en momentos de rabia cuesta discernir los pasos mediante los que se pasa de las palabras a los golpes, pero de pronto me vi plantado sobre su cadáver, con las manos escarlatas, empapadas de su sangre, que manaba a borbotones de la garganta abierta. No había nadie más allí y él no era del lugar, no tenía ningún familiar que se interrogara por su ausencia; los asesinatos no siempre se descubren, o no de inmediato. Por lo que sé, sus huesos siguen blanqueándose en el remanso del río donde dejé el cuerpo. Su ausencia y los motivos de esta no llevaron a nadie a sospechar, salvo a Mabel, y ella no osó decir nada. Pero fue todo en vano, porque cuando regresé al cabo de varios meses —me fue imposible quedarme allí— descubrí que la vergüenza la había alcanzado y que eso la había conducido a la muerte. Hasta entonces me había dado esperanzas pensar que mi atroz acción la había salvado, pero al enterarme de que había actuado demasiado tarde, y que el pecado de aquel hombre había mancillado a mi pobre amada, hui, cargando con mi culpa inútil, más pesada de lo que creía que podía soportar. ¡Ah, señor! Usted, que no ha cometido un pecado semejante, no sabe lo que es vivir con algo así. Puede pensar que la costumbre lo hace más llevadero, pero no. El peso crece y crece a cada hora, hasta que se convierte en intolerable, y junto con él crece el convencimiento de que el cielo te ha sido vetado para siempre. No sabe usted lo que eso significa, y ruego a Dios que nunca llegue a saberlo. Las personas comunes, para las que todo es posible, no piensan en el cielo casi nunca, o nunca. Para ellas no es más que un nombre, nada más, y se contentan con esperar y dejar que todo siga su curso, pero no sabe usted lo que significa para los condenados a no entrar jamás en él, no puede calcular ni concebir el anhelo terrible e inacabable por ver abiertas las puertas y poder unirte a las blancas figuras que moran al otro lado.

»Y esto me lleva a mi sueño. Era como si la entrada del cielo se hallara ante mí, con grandes puertas de acero macizo, provistas de barrotes del grosor de un mástil de barco, que se alzaban hasta las mismísimas nubes y tan juntos entre sí que por los espacios que mediaban apenas se entreveía una caverna de cristal sobre cuyas brillantes paredes se recortaban numerosas figuras ataviadas de blanco y con rostros radiantes de dicha. Cuando llegué ante la puerta, mi corazón y mi alma estaban tan henchidos de éxtasis y anhelo que me olvidé de todo lo demás. Y ante las puertas había dos portentosos ángeles de batientes alas y, ¡oh!, rostro severo. Cada uno sostenía en una mano una espada flameante y en la otra una aldaba que se corría o descorría bajo el más leve de sus toques. Más próximas había unas figuras envueltas en ropajes negros, de modo que nada salvo sus ojos quedaba a la vista, y tendían a cada recién llegado unos atuendos blancos similares a los que vestían los ángeles. Un suave murmullo informó de que todos debían ponerse aquellas ropas, y que estas habían de permanecer impolutas, pues en otro caso los ángeles no permitirían el paso, sino que nos expulsarían hostigándonos con sus flameantes espadas. Yo estaba ansioso por ponerme las ropas que me habían sido entregadas, cosa que hice a toda prisa y me adelanté hacia las puertas; pero estas no se abrieron, y los ángeles, soltando las aldabas, señalaron mi ropa, y miré hacia abajo, y quedé horrorizado al verla toda manchada de sangre. Mis manos estaban rojas, relucientes por la sangre que goteaba de ellas como aquel día a la orilla del río. Y los ángeles alzaron las espadas flameantes para expulsarme, con lo que el horror alcanzó su cúspide... y me desperté. Una vez y otra y otra, vuelvo a tener ese sueño espantoso. Nunca aprendo de la experiencia, nunca recuerdo nada, sino que al principio la esperanza se presenta siempre renovada, para hacer más horrible el final; y sé que el sueño no proviene de la común oscuridad donde moran los sueños, ¡sino que es un castigo que me envía Dios! Nunca, nunca podré cruzar las puertas. Mis manos ensangrentadas siempre mancharán mis ropajes angélicos.

Yo escuchaba hechizado las palabras de Jacob Settle. Había algo tan ajeno en su tono, algo tan onírico y místico en sus ojos, que miraban más allá de mí, como fijados en un espíritu invisible, algo tan elevado en su dicción y en marcado contraste con sus ajadas ropas de trabajo y su humilde casa, que me pregunté si yo mismo no lo estaría soñando todo.

Guardamos silencio largo rato. Yo miraba a aquel hombre con un asombro que no cesaba de crecer. Pronunciada su confesión, su alma, hasta entonces doblegada, había vuelto a ponerse en pie haciendo gala de resistencia. Supongo que debería haberme sentido horrorizado ante su relato, pero, por extraño que resulte, no era así. Sin duda, no es agradable ser el destinatario de las confidencias de un asesino, pero aquel pobre hombre no solo había actuado en respuesta a una provocación, sino que la sangrienta acción había tenido una causa tan abnegada que no me sentí inclinado a juzgarlo. Mi único propósito era consolarlo, así que me dirigí a él con cuanta calma pude, pues el corazón me latía acelerado y con fuerza.

—No desespere, Jacob Settle. Dios es bondadoso y grande es su misericordia. Continúe adelante con su vida y su trabajo, manteniendo la esperanza de que algún día sentirá expiado el pasado. —Hice un alto al ver que un sueño, esta vez pesado y natural, iba haciendo presa de él—. Vaya a dormir —dije—. Yo lo velaré y esta noche no tendremos más malos sueños.

Hizo un visible esfuerzo para calmarse y dijo:

—No sé cómo agradecerle la bondad que me ha dedicado esta noche, pero creo que es mejor que se vaya. Trataré de dormir; después de contárselo todo siento que me he quitado un peso de encima. Si algo queda del hombre que una vez fui, debo seguir luchando y plantar cara a la vida yo solo.

—Me iré, como desea —dije—, pero acepte mi consejo y no viva de manera tan solitaria. Busque la compañía de hombres y mujeres, viva entre ellos. Comparta sus alegrías y sus penas; le ayudará a olvidar. Esta soledad solo le hará enloquecer a fuerza de melancolía.

—Así lo haré —dijo, consciente a medias de ello, pues ya estaba cayendo dormido.

Bajo su mirada, me volví para irme. Ya había levantado la aldaba cuando la solté, volví junto a la cama y le tendí la mano. Él se irguió hasta quedar sentado y me la aferró entre las suyas, y yo le deseé buenas noches y añadí, tratando de animarlo:

—¡Ánimo, hombre! Tiene usted un trabajo que hacer, Jacob Settle. ¡Puede usted vestir esas ropas blancas y cruzar las puertas de acero!

A continuación me marché.

Una semana más tarde encontré su casita desierta, y cuando pregunté en su trabajo me dijeron que se había ido al norte, nadie sabía exactamente adónde.

Dos años después, pasé unos días visitando a mi amigo, el doctor Munro, en Glasgow. Era un hombre muy ocupado y no podía dedicarme mucho tiempo, así que yo invertía los días en hacer excursiones a los Trossachs, al Loch Katrine y al Clyde. El penúltimo día de mi estancia, volví a casa más tarde de lo previsto pero me encontré con que mi anfitrión no había llegado aún. La doncella me informó de que habían mandado recado del hospital para que fuera: un accidente en la fábrica de gas, y de que la cena se había pospuesto una hora; así que, diciéndole que iría dando un paseo a buscar a su señor y luego volveríamos juntos, salí a la calle. En el hospital lo encontré lavándose las manos antes de regresar a casa. Por curiosidad, le pregunté qué había sucedido.

—Lo de siempre. Una cuerda podrida y vidas que no importan. Dos hombres estaban trabajando en un gasómetro cuando la cuerda que sujetaba su barquilla se rompió. Debió de suceder justo antes de la hora de la cena porque nadie se percató de su ausencia hasta que volvieron los trabajadores. En el fondo del gasómetro había siete pies de agua, así que esos desgraciados tuvieron que pelear para mantenerse a flote. Sin embargo, uno ha sobrevivido, aunque apenas, porque hemos tenido que dar lo mejor de nosotros para que salga adelante. Por lo visto le debe la vida a su compañero. Nunca he visto mayor heroísmo. Nadaron mientras les duraron las fuerzas, pero al final estaban tan exhaustos que ni siquiera ver luces arriba y a los hombres que se descolgaban en su rescate les prestó energía. Pero uno de ellos se puso en pie en el fondo y sostuvo a su compañero sobre la cabeza, y esos pocos segundos supusieron la diferencia entre la vida y la muerte. Cuando los sacaron no ofrecieron una imagen grata de ver. Allá abajo el agua es como tinte púrpura a causa del gas y la brea. El que estuvo encima parecía bañado en sangre.

—¿Y el otro?

—Aún peor. Pero debió de poseer una noble naturaleza. Su lucha bajo el agua tuvo que ser horrible; se aprecia por el modo como la sangre huyó de sus extremidades. Verlo te hace creer en la idea de los estigmas. Se diría que una resolución tal es capaz de desatrancar las mismísimas puertas del cielo. Mire, amigo mío, aunque no es algo agradable de ver, en especial antes de la cena, pero usted es escritor y este un caso singular. He aquí algo que no querrá perderse, pues hay escasas probabilidades de que pueda encontrarse con algo igual en el futuro.

Mientras hablábamos me había conducido a la morgue del hospital. Sobre unas andas yacía un cadáver apretadamente envuelto en una sábana blanca.

—Parece una crisálida, ¿cierto? Si hay algo de verdad en el antiguo mito de que un alma es como una mariposa…, bueno, pues entonces la que salió de esta crisálida tuvo que ser un espécimen portentoso, que apresó toda la luz del sol en sus alas. Fíjese.

Descubrió la cara. Era horrible, ciertamente; como si la hubieran bañado en sangre. Pero reconocí de inmediato a Jacob Settle. Mi amigo bajó más la mortaja.

Las manos reposaban cruzadas sobre el pecho púrpura como si un alma bondadosa así las hubiera colocado reverentemente. Al verlas, el corazón me dio un vuelco de júbilo, al mismo tiempo que recordé su angustioso sueño. No había mácula alguna en aquellas humildes y valientes manos, ahora tan pálidas como la nieve.

Y supe que el mal sueño había llegado a su fin. Aquella noble alma se había ganado su paso a través de las puertas. Las manos no habían dejado mancha alguna en las ropas al ponérselas.

La casa del juez

Cuando se acercó el momento de sus exámenes, Malcolm Malcolmson decidió irse a algún sitio donde pudiera estar a solas para estudiar. Temía las distracciones de la costa, y temía asimismo el completo aislamiento del campo, cuyos atractivos conocía desde hace mucho, así que decidió buscar algún modesto pueblecito donde nada lo distrajera. Se abstuvo de pedir sugerencias a sus amigos, pues supuso que cada uno le recomendaría un lugar familiar para él y donde tuviera conocidos. Como Malcolmson pretendía evitar a sus amigos, tampoco deseaba cargar con las atenciones de los amigos de sus amigos, por lo que se ocupó de dar él mismo con el sitio. Llenó un baúl de viaje con ropa y los libros que necesitaba y sacó un billete para el primer destino de la lista de salidas que le fuera desconocido.

Cuando al cabo de tres horas de viaje se apeó en Benchurch, se alegró de haber borrado sus huellas de manera que pudiera proseguir en paz sus estudios. Fue directamente a la única posada que había en el tranquilo lugar y tomó alojamiento para esa noche. En Benchurch se celebraba un mercado cada tres semanas, momento en que el pueblo se llenaba de gente, pero durante los veintiún días restantes era tan atractivo como un desierto; al día siguiente de su llegada, Malcolmson buscó un alojamiento incluso más aislado que el que la serena posada The Good Traveller le proporcionaba. Hubo un solo sitio que le gustó, y, en efecto, se ajustaba a sus más extravagantes deseos de tranquilidad; en realidad, «tranquilo» no era la palabra más adecuada para el lugar; «desolado» era el único término que reflejaba la medida de su aislamiento. Se trataba de una casa de estilo jacobeo, laberíntica, robusta, con pesados gabletes y ventanas anormalmente pequeñas y ubicadas más alto de lo que era habitual en casas de aquel tipo, y que se hallaba rodeada por un alto muro de piedra de recia construcción. De hecho, más parecía una casa fortificada que una vivienda convencional. Pero todo ello satisfacía a Malcolmson. «Aquí —pensó—, esto es exactamente lo que estoy buscando. Si pudiera alojarme en esta casa sería feliz». Su alegría creció al advertir, sin espacio para la duda, que la vivienda se hallaba deshabitada.

En la oficina de correos averiguó el nombre del agente inmobiliario, que se mostró extrañamente sorprendido ante la solicitud de alquilar una parte de la vieja casa. El señor Carnford, el abogado y agente inmobiliario de la localidad, era un caballero afable y de avanzada edad, que con franqueza le confesó cuánto le alegraba que alguien estuviera dispuesto a vivir en aquella casa.

—Si le digo la verdad —añadió—, estaría encantado, e igualmente los propietarios, de dejar que alguien viviera gratis en ella durante años, para que la gente de aquí se acostumbre a verla habitada. Lleva tanto tiempo vacía que ha surgido un absurdo prejuicio contra ella, y la mejor vía para acabar con ello es poblarla... aunque —añadió dedicando una mirada traviesa a Malcolmson— solo sea por un estudiante como usted, que busca durante un tiempo la tranquilidad del sitio.

Malcolmson consideró innecesario preguntar al agente por el «absurdo prejuicio»; sabía que podría recabar más información sobre el tema, en caso de requerirla, de otras fuentes. Abonó tres meses de alquiler, tomó el recibo, se informó del nombre de una buena mujer que pudiera ocuparse de las faenas domésticas y salió con las llaves en el bolsillo. Fue a ver seguidamente a la patrona de la posada, una persona alegre y de lo más amable, y le pidió consejo sobre las provisiones y demás efectos que pudiera necesitar. Ella alzó las manos, atónita, cuando él le dijo dónde iba a instalarse.

—¡En la casa del juez no! —dijo ella, empalideciendo.

Él le explicó dónde estaba la casa, puesto que no sabía su nombre. Cuando terminó, ella dijo:

—Sí, seguro que sí. Es el mismo sitio. Es la casa del juez.

Él le pidió que le hablara del sitio, por qué se llamaba así y qué tenía la gente en su contra. Ella le contó que en el pueblo la conocían por ese nombre porque hacía muchos años —no sabía cuántos porque ella procedía de otra parte del país, pero creía que cien o más— fue la morada de un juez que inspiraba terror a causa de sus duras sentencias y de la hostilidad que manifestaba contra los prisioneros en Assizes. En cuanto a qué había contra la casa, no lo sabía. Había preguntado a menudo al respecto, pero nadie pudo aclarárselo; no obstante, existía la impresión general de que allí había *algo*, y, por lo que a ella respectaba, no pasaría una hora a solas en la casa ni por todo el dinero del banco Drinkwater. A continuación se disculpó por haber perturbado a Malcolmson con sus palabras.

—Ha sido muy incorrecto por mi parte, señor, pero también lo es por la suya, si me permite decirlo, vivir allí completamente solo, tratándose además de un joven caballero. Y discúlpeme usted, pero si fuera mi hijo no dormiría allí ni una noche, ¡aunque tuviera que ir yo en persona a hacer sonar la gran campana de alarma que hay en el tejado!

La buena mujer hablaba tan manifiestamente en serio y sus intenciones era tan amables que Malcolmson, pese a que todo aquello le divertía, se sintió conmovido. Le dijo sinceramente cuánto apreciaba su interés, y añadió:

—Pero, mi querida señora Witham, no hay razón para que se preocupe usted por mí. Un hombre que estudia Matemáticas en la Universidad de Cambridge tiene demasiado en lo que pensar como para que lo moleste cualquier «algo» misterioso, y su trabajo es de una índole demasiado exacta y prosaica como para dejar espacio en su cabeza para misterios de cualquier clase. ¡La progresión armónica, las permutaciones, las combinaciones y las funciones elípticas ya entrañan misterios suficientes para mí!

La señora Witham se puso manos a la obra con lo que le había encargado y él fue en persona a ver a la anciana que le había sido recomendada.

Cuando volvió con esta a la casa del juez, un par de horas más tarde, se encontró en la puerta con la señora Witham, que lo esperaba junto con un grupo de hombres y niños cargados de paquetes, y con un tapicero que llevaba una cama en un carro, ya que, según ella, aunque las mesas y las sillas podían seguir en buen estado, una cama que podía llevar cincuenta años sin airear no era descanso adecuado para unos huesos jóvenes. Era evidente que sentía curiosidad por ver el interior de la casa, y pese a estar tan asustada del «algo» que al menor ruido se acurrucaba contra Malcolmson, que no la dejó sola en ningún momento, recorrió todo el lugar.

Tras examinar la casa, Malcolmson decidió instalarse en el amplio comedor, lo bastante grande para satisfacer todas sus necesidades; y la señora Witham, con ayuda de la asistenta, la señora Dempster, procedió a disponerlo todo. Una vez trasladados los bultos al interior, Malcolmson se encontró con que, haciendo gala de gran previsión, la señora Witham había enviado provisiones de su propia cocina para varios días. Antes de irse, ella le manifestó sus mejores deseos, y en la puerta se volvió y dijo:

—Y, señor, como el comedor es amplio y hay en él corrientes de aire, quizás sería conveniente hacerse con un biombo grande para colocarlo por las noches alrededor de la cama, aunque, si le digo la verdad, yo me moriría si tuviera que estar ahí dentro, encerrada, con toda clase de... «cosas» asomando la cabeza por los costados y por arriba, ¡mirándome!

La imagen que ella misma había invocado fue demasiado para sus nervios, y salió huyendo sin disimulo.

La señora Dempster inspiró por la nariz con aire de superioridad y comentó que, por lo que a ella respectaba, ni todos los duendes del reino bastaban para asustarla.

—Le diré lo que sucede, señor. Los duendes son toda clase de cosas, ¡menos duendes! Ratas y ratones, e insectos, y puertas que chirrían, y tejas sueltas, y ventanas rotas, y cajones atrancados, que se quedan abiertos y caen al suelo en mitad de la noche. Fíjese en el empanelado de las paredes. Es viejo. Tiene siglos. ¿Cree usted que ahí atrás no habrá ratas e insectos? ¿Cree usted, señor, que no va a verlos? Las ratas son duendes, se lo aseguro, y los duendes son ratas. ¡Que no se le meta nada más en la cabeza!

—Señora Dempster —dijo Malcolmson muy serio, dedicándole una educada reverencia—, ¡sabe usted más que el mejor graduado en Matemáticas de Cambridge! Y permítame añadir que, como muestra de mi estima por su indudable fortaleza de mente y corazón, le haré entrega, cuando me vaya, de esta casa y dejaré que se aloje aquí durante los dos últimos meses del alquiler, ya que a mí me bastará con cuatro semanas.

—Le estoy muy agradecida, señor —respondió ella—, pero no podría pasar ni una noche fuera de mi actual alojamiento. Estoy en el albergue de caridad de Greenhow, y si me ausentara una sola noche perdería todo lo que tengo en el mundo. Las reglas son muy estrictas, y hay mucha gente a la espera de una vacante como para correr riesgos. Al margen de eso, señor, estaré encantada de venir a atenderle durante su estancia.

—Señora mía —dijo Malcolmson atropelladamente—, he venido aquí con el solo propósito de encontrar soledad, y créame que estoy muy agradecido al difunto Greenhow por su caridad admirable, consista en lo que consista, la cual me evita la tentación de tener compañía. Ni el mismísimo san Antonio podría ser más riguroso.

La anciana se rio ásperamente.

—Ustedes, los jóvenes —dijo—, no le tienen miedo a nada. Aquí tendrá usted toda la soledad que quiera, así será.

De la misma se puso a limpiar, y al atardecer, cuando Malcolmson regresó de su paseo —siempre se llevaba un libro para estudiar cuando paseaba— se encontró la estancia barrida y ordenada, un fuego ardiendo en la antigua chimenea, la lámpara encendida y la mesa preparada para la cena con la excelente comida de la señora Witham.

—Esto sí que es confort —se dijo frotándose las manos.

Cuando hubo terminado de cenar, llevó la bandeja al otro extremo de la gran mesa de roble, sacó sus libros, echó leña al fuego, despabiló la lámpara y se dispuso a emprender una concentrada sesión de trabajo. A ello se dedicó sin pausa hasta cerca de las once de la noche, cuando se detuvo para avivar el fuego, ajustar la lámpara y prepararse una taza de té. Siempre le había gustado el té, y durante su estancia en la universidad se había acostumbrado a trabajar hasta tarde y beber té. El descanso era un gran lujo para él, así que lo disfrutaba con un abandono exquisito, voluptuoso. El fuego avivado saltaba y chisporroteaba, proyectando extrañas sombras en la antigua y gran estancia; y mientras sorbía su té caliente, gozó de sentirse aislado del resto de personas. Fue entonces cuando se percató por primera vez del ruido de las ratas.

«No puede haber sonado tan fuerte mientras estaba estudiando —pensó—. En ese caso seguro que lo habría notado».

Poco después, cuando el ruido aumentó, se dio la razón a sí mismo. Estaba claro que al principio las ratas se habían asustado por la presencia de un desconocido, así como por el fuego y la luz de la lámpara, pero luego se habían ido envalentonando y ahora correteaban como tenían por costumbre.

¡Cuánto se movían! ¡Y qué extraños ruidos hacían! Arriba y abajo tras el viejo revestimiento de madera de las paredes, por encima del techo y por debajo del suelo corrían, roían y chillaban. Malcolmson sonrió al recordar las palabras de la señora Dempster: «¡Los duendes son ratas y las ratas son duendes!». El té empezó a hacer su efecto de estímulo intelectual y nervioso y Malcolmson previó otra buena sesión de trabajo antes de la llegada del amanecer, y, con la tranquilidad que le proporcionaba tal perspectiva, se concedió el lujo de echar un buen vistazo a la estancia. Cogió la lámpara y recorrió el comedor, asombrado por que una casa tan pintoresca y hermosa hubiera estado tanto tiempo abandonada. Las molduras talladas en el roble del empanelado eran de gran calidad, y las que cubrían y rodeaban las puertas, así como las ventanas, eran preciosas y de un talento nada común. Había algunos cuadros antiguos, pero se hallaban tapizados por una capa tan gruesa de polvo y mugre que no se distinguía ni el menor detalle de ellos, pese a que Malcolmson alzó la lámpara todo lo alto que pudo. Aquí y allí, mientras paseaba, vio grietas y agujeros bloqueados momentáneamente por una rata, con los ojos reflejando la luz, pero un instante después ya habían desaparecido, sin dejar más rastro que un chillido y el ruido que hacían al escabullirse. Lo que más le impresionó, no obstante, fue la cuerda de la gran campana de alarma que había en el tejado, la cual pendía en un rincón de la estancia, a la derecha de la chimenea. Arrastró junto al fuego una gran silla tallada de roble, con respaldo alto, y se sentó a tomar una última taza de té. A continuación avivó el fuego y retomó el trabajo, sentado en la esquina de la mesa, con el fuego a su izquierda. Al principio las ratas le molestaron un poco con sus perpetuos corretos, pero se acostumbró al ruido igual que uno se habitúa al tictac de un reloj o al murmullo del agua en movimiento, y se concentró en su trabajo en tal medida que todo el mundo, salvo el problema que trataba de resolver, desapareció para él.

Alzó la vista de pronto, el problema continuaba sin solución, y en el aire pendía la impresión propia de ese momento previo al amanecer, tan temido por su carácter incierto. El ruido de las ratas había cesado. Le pareció que debía de haber sucedido hacía poco, y que había sido precisamente su repentina interrupción lo que le había alarmado. El fuego ardía con poca fuerza pero aún emitía un resplandor rojo encendido. Al mirar hacia la chimenea, Malcolmson dio un respingo pese a toda su *sang froid*.

En la gran silla tallada de roble colocada a la derecha del fuego había sentada una rata enorme, mirándolo fijamente con ojos torvos. Hizo amago de ir hacia ella, como si fuera a cazarla, pero el roedor no se movió. Luego Malcolmson hizo amago de tirarle algo. Ella continuó sin moverse, pero le mostró, furiosa, los grandes y blancos dientes, y la luz de lámpara hizo brillar sus ojos con un rencor añadido.

Malcolmson estaba incrédulo, y tomando el atizador de la chimenea se abalanzó contra ella dispuesto a matarla. Sin embargo, antes de que pudiera golpearla, la rata, lanzando un chillido que pareció fruto de todo su odio concentrado, brincó al suelo y, trepando por la cuerda de la campana de alarma, desapareció en la oscuridad más allá del cerco de luz de la lámpara. Al instante, por extraño que resulte, volvieron a empezar los ruidosos corretos de las ratas tras el empanelado.

Para entonces Malcolmson ya había perdido la concentración en el problema y, cuando el estridente canto de un gallo le avisó de la proximidad del día, se acostó en la cama.

Durmió tan profundamente que ni siquiera se despertó cuando la señora Dempster entró a arreglar la habitación. Solo cuando ella ya hubo limpiado, preparado el desayuno y dio unos golpecitos en el biombo tras el que se

ocultaba la cama, se despertó él. Seguía un poco cansado tras la dura noche de trabajo, pero una taza de té cargado le dio energías y, cogiendo un libro, salió a dar su paseo matutino, llevándose además algunos sándwiches, por si acaso no volvía a casa hasta la hora de la cena. Dio con un sendero tranquilo que discurría entre altos olmos, a las afueras del pueblo, y pasó allí la mayor parte del día, estudiando a Laplace. En el camino de vuelta se detuvo a hacer una visita a la señora Witham y agradecerle su amabilidad. Cuando ella lo vio acercarse a través de los cristales emplomados de la ventana saledizia de su sanctasanctórum, salió a recibirlo y lo invitó a pasar. Lo escrutó y dijo:

—No debe usted excederse, señor. Está más pálido esta mañana de lo que debería. Hacer trabajar demasiado al cerebro, y además a horas tardías, no es bueno para nadie. Pero cuénteme, señor, ¿cómo ha pasado la noche? Bien, espero. Se lo aseguro. Me alegré mucho cuando la señora Dempster me dijo esta mañana que usted se encontraba bien y dormía profundamente cuando fue a verlo.

—Sí, he estado bien —respondió él con una sonrisa—, ese «algo» no me ha molestado, al menos de momento. Solo las ratas, que tienen montado todo un circo en la casa, se lo aseguro. Una criatura diabólica se sentó en mi propia silla, junto al fuego, y no se fue hasta que la amenacé con el atizador. Subió por la cuerda de la campana de alarma y desapareció por algún sitio de lo alto de la pared o del techo. No vi dónde; estaba muy oscuro.

—¡Que Dios se apiade de nosotros! —dijo la señora Witham—. Una criatura diabólica, ¡y sentada en una silla junto al fuego! ¡Tenga cuidado, señor! ¡Tenga cuidado! Mucho de lo que se dice en broma resulta ser cierto.

—¿A qué se refiere? Le juro que no la entiendo.

—¡Una criatura diabólica! Puede que el mismísimo diablo. ¡Basta, señor! No se ría usted —dijo, pues Malcolmson había roto en carcajadas—. Ustedes, los jóvenes, creen que se pueden reír de lo que a los viejos nos da escalofríos. Bueno, no pasa nada. No pasa nada. Por favor, ría siempre y todo cuanto quiera. Es lo que le deseo.

Y la mujer resplandeció de simpatía en respuesta a las carcajadas de él, con todos sus miedos olvidados por el momento.

—Perdóneme —dijo Malcolmson—. No me considere descortés, pero no he podido contenerme ante la idea de que ¡el mismísimo diablo estuvo sentado anoche frente a mí!

Y al imaginárselo volvió a echarse a reír. A continuación fue a casa a cenar.

Esa noche los correteos de las ratas empezaron antes; en realidad, ya se hallaban en marcha antes de que él llegara, y solo hicieron una pausa por la sorpresa de su retorno. Después de la cena se sentó un rato a fumar junto a la chimenea, y luego, tras despejar la mesa, se puso a trabajar. Esa noche las ratas le molestaron más que la anterior. ¡Qué manera de correr arriba y abajo tras las paredes, sobre el techo y bajo el suelo! ¡Qué manera de chillar, arañar y roer! Cada vez más envalentonadas, asomaban a las bocas de sus ratoneras y a los agujeros y grietas del empanelado y sus ojillos resplandecían como lamparitas con el baileto de las llamas. Pero para Malcolmson, acostumbrado ya a ellas, sus ojos nada tenían de perverso, solo le conmovía su carácter juguetón. A veces las más osadas hacían incursiones por el suelo o recorriendo las molduras de los paneles. De cuando en cuando, si lo molestaban, Malcolmson hacía algún ruido para asustarlas, golpeando la mesa con la mano o emitiendo un enfadado: «¡Sssh!», y ellas huían directas a sus agujeros.

Y así pasó la primera parte de la noche y, pese al ruido, Malcolmson se sumergió cada vez más en su trabajo.

Se detuvo de pronto, igual que la noche anterior, sorprendido por un silencio repentino. No se oía ni el menor chillido, ni arañazo, ni sonido de dientes al roer. El silencio era el mismo que habría en una tumba. Malcolmson recordó el extraño suceso de la noche previa, e instintivamente miró hacia la silla junto a la chimenea. Y una extraña sensación le recorrió el cuerpo.

Allí mismo, en la gran silla tallada de roble y de respaldo alto, al lado del fuego, estaba la misma rata enorme, mirándolo fijamente con sus ojos rencorosos.

Instintivamente cogió lo que tenía más a mano, un libro de logaritmos, y se lo lanzó. No apuntó bien y la rata ni se movió, así que hubo de repetir el número del atizador; y una vez más, la rata, seguida de cerca, escapó trepando por la cuerda de la campana de alarma. Resultó asimismo extraño que la huida de la rata también fuera seguida en esa ocasión por la renovación de la algarabía de la comunidad de roedores. Esa vez, como la anterior, Malcolmson tampoco llegó a distinguir en qué parte de la estancia desapareció la rata, ya que la pantalla verde de la lámpara dejaba la parte superior del comedor en tinieblas, y el fuego ya ardía con poca fuerza.

Al consultar su reloj descubrió que ya era cerca de medianoche y, agradeciendo el *divertissement,* avivó el fuego y se preparó la tetera nocturna. La sesión de trabajo había sido provechosa y juzgó que se merecía un cigarrillo, así que se sentó en la gran silla de roble ante el fuego para disfrutarlo. Mientras fumaba pensó que estaría bien saber por dónde desaparecía la rata, ya que empezaba a trazar planes para el día siguiente, planes en los que intervendría una trampa para roedores. Con ese propósito encendió otra lámpara y la colocó de modo que iluminara bien la esquina del comedor a la derecha de la chimenea. Luego cogió todos los libros que tenía y los dejó a mano para lanzárselos a la alimaña. Por último, levantó la cuerda de la campana y colocó el extremo sobre la mesa, pisado por la lámpara. Al hacerlo no pudo evitar fijarse en lo flexible que era, algo que resultaba llamativo en una cuerda tan resistente y que llevaba tanto tiempo sin usarse. «Se podría ahorcar a un hombre con ella», pensó. Una vez concluidos estos preparativos miró a su alrededor y dijo complacido:

—Ya está todo listo, amiga mía. Creo que esta vez averiguaré algo sobre ti.

Retomó el trabajo y, aunque, al igual que antes, inicialmente le molestó el ruido de las ratas, pronto se enfrascó en las proposiciones y los problemas.

Una vez más su atención volvió a verse atraída de pronto por el entorno inmediato. Esa vez no fue tan solo el silencio repentino lo que lo alertó; la cuerda se desplazó un poco, y asimismo la lámpara. Sin mover un músculo, miró de reojo para asegurarse de que la pila de libros estaba al alcance de su mano, y a continuación recorrió la cuerda con la mirada. Vio a la gran rata saltar desde la cuerda a la silla de roble y tomar asiento, desde donde lo miró fijamente. Malcolmson alzó un libro en la mano derecha, apuntó con tiento y se lo lanzó. La rata, con un rápido movimiento, se hizo a un lado y esquivó el proyectil. Él cogió un segundo libro y luego un tercero, y uno tras otro se los fue lanzando, pero siempre sin éxito. Al final, con él en pie y armado con otro libro que ya se disponía a lanzar, la rata chilló, en apariencia asustada. Esto avivó el afán de Malcolmson, y el libro surcó el aire y alcanzó a la rata con un sonoro golpe. Soltó esta un chillido de terror y, no sin antes dedicar a su atacante una mirada cargada de malevolencia, trepó por el respaldo de la silla, dio un gran salto hasta la cuerda de la campana y corrió por ella hacia arriba como un rayo. La lámpara se balanceó por el repentino tirón, pero era pesada y no llegó a volcarse. Malcolmson no apartó la vista de la rata y, a la luz de la segunda lámpara, la vio saltar hasta la moldura de un panel y desaparecer por un agujero en uno de los grandes cuadros colgados de la pared, oscuro e indiscernible tras la capa de mugre y polvo.

—Por la mañana echaré un vistazo a la morada de mi amiga —dijo el estudiante mientras recogía los libros—. El tercer cuadro desde la chimenea; no lo olvidaré. —Fue levantando los libros uno por uno, dedicándoles comentarios—. *Secciones cónicas* no dio en el blanco, tampoco *Oscilaciones cicloidales* ni los *Principios* ni *Cuaterniones* ni *Termodinámica*. ¡Veamos qué libro sí lo consiguió! —Lo cogió y sufrió un respingo, a la vez que una repentina palidez le cubría el rostro. Miró incómodo a su alrededor, temblando un poco, mientras murmuraba para sí—: ¡La *Biblia* que me regaló mi madre! Qué extraña coincidencia.

Se sentó de nuevo a trabajar y las ratas reanudaron sus retozos tras el empanelado. No obstante, no suponían una molestia para él; en cierto modo, su presencia le hacía sentir acompañado. Pero no era capaz de concentrarse en la tarea, y al cabo de un rato de tratar sin éxito de asimilar la cuestión que le ocupaba, se rindió desesperado y se fue a la cama cuando el primer atisbo del amanecer se colaba por la ventana oriental.

Tuvo un sueño profundo pero intranquilo, y soñó mucho; y cuando la señora Dempster lo despertó ya tarde él se mostró confundido y tardó unos minutos en reconocer dónde se encontraba. Su primera petición sorprendió a la sirvienta.

—Señora Dempster, mientras yo esté fuera hoy, me gustaría que cogiera usted la escalera y desempolvara o limpiara esos cuadros. En especial el tercero desde la chimenea. Me gustaría ver qué hay en ellos.

Por la tarde Malcolmson se dedicó a sus libros en el paseo sombreado, y la alegría del día anterior volvió a él a medida que discurría la jornada y adelantaba trabajo a buen ritmo. Resolvió de manera satisfactoria todos los problemas que hasta entonces se le habían resistido, así que cuando pasó a hacer una visita a la señora Witham en el The Good Traveller, se sentía jubiloso. Encontró a un desconocido en el acogedor salón de la patrona, en compañía de esta, que se lo presentó como doctor Thornhill. Ella estaba inquieta, y eso, junto con la repentina serie de preguntas que el médico dedicó a Malcolmson, llevó a este a deducir que la presencia del desconocido no era casual, así que dijo sin preámbulos:

—Doctor Thornhill, responderé gustoso a todas las preguntas que quiera hacerme si antes me responde usted una a mí.

El doctor pareció sorprendido, pero sonrió y dijo:

—Claro que sí. ¿Cuál es?

—¿Le ha pedido la señora Witham que viniera a verme y darme consejo?

Por un momento el doctor Thornhill quedó desconcertado, y la señora Witham enrojeció y les dio la espalda, pero el doctor era un hombre sincero y con buena disposición, así que respondió abiertamente.

—Así lo ha hecho, pero no era su intención que usted lo supiera. Supongo que han sido mis torpes prisas las que le han llevado a sospecharlo. Me dijo que no le gustaba que estuviera usted completamente solo en esa casa y que creía que tomaba usted demasiado té cargado. De hecho, ella desea que le aconseje dejar el té y no trabajar hasta altas horas. Fui un buen estudiante en mis tiempos, así que imagino que puedo tomarme esta libertad y, sin que sea motivo de ofensa, pedírselo no como un desconocido sino como un colega.

Con una gran sonrisa, Malcolmson le tendió la mano.

—¡Chóquela!, como dicen en Estados Unidos. Le agradezco su amabilidad, y a usted la suya, señora Witham, y tal amabilidad merece una respuesta por mi parte. Prometo no volver a tomar té cargado. Nada de té hasta que usted me lo vuelva a permitir. Y esta noche me iré a la cama a la una como muy tarde. ¿Está bien así?

—Magnífico —dijo el médico—. Ahora cuéntenos todas sus impresiones sobre la vieja casa.

Y fue así como Malcolmson les hizo un pormenorizado relato de lo sucedido en las dos últimas noches. De cuando en cuando le interrumpía alguna exclamación de la señora Witham, hasta que al final, cuando narró el episodio de la *Biblia,* las emociones contenidas de la patrona hallaron desahogo con un grito; y hasta que no le administraron un buen vaso de brandi con agua la señora no se recompuso. El doctor Thornhill había escuchado con expresión cada vez más seria y, cuando la narración concluyó y la señora Witham estuvo recuperada, preguntó:

—¿La rata siempre sube por la cuerda de la campana?

—Siempre.

—Supongo que sabe usted —dijo el médico— qué cuerda es esa.

—No.

—Es la mismísima cuerda —dijo lentamente el médico— que el verdugo usó con todas y cada una de las víctimas de la furia sentenciadora del juez.

Le interrumpió otro grito de la señora Witham, y hubo que volver a tomar medidas para su recuperación. Malcolmson consultó su reloj, y viendo que estaba próxima su hora de cenar, partió hacia su casa antes de que ella se recobrara.

Cuando la señora Witham volvió de nuevo en sí, bombardeó al médico con preguntas enojadas acerca de qué pretendía al meter ideas tan horribles en la cabeza de un pobre joven.

—Ya tiene suficientes motivos de preocupación allí —añadió.

—Mi querida señora —contestó el doctor Thornhill—, ¡mi intención era otra! Quería atraer su atención hacia la cuerda de la campana, que se fijara en ella. Podría suceder que se hallara él en un estado de elevada crispación, y ha estudiado demasiado, aunque me atrevería a decir que nunca he visto a un joven así de robusto y sano, tanto de mente como de cuerpo. Pero esa historia de las ratas... y la sugerencia de una aparición diabólica... —El médico meneó la cabeza y luego prosiguió—: Le habría ofrecido ir con él y quedarme una noche, pero estoy seguro de que eso habría supuesto un motivo de ofensa. Por la noche él podría sufrir alguna clase de extraño ataque de miedo o de alucinación, y en ese caso quiero que tire de la cuerda. Pese a estar completamente solo, de ese modo nos avisará, y nosotros podremos llegar a tiempo de servir de ayuda. Me quedaré despierto hasta bien tarde esta noche y mantendré los oídos atentos. No se alarme usted si Benchurch vive un sobresalto antes de mañana.

—¿Qué quiere decir, doctor? ¿De qué está hablando?

—Me refiero a que posiblemente..., no, más bien muy probablemente, esta noche oiremos sonar la gran campana de alarma de la casa del juez.

Y dicho esto, el médico hizo una salida de escena tan dramática como era posible.

Cuando Malcolmson llegó a casa era un poco más tarde de su hora habitual, y la señora Dempster ya se había ido; no se debían desatender las reglas del albergue de caridad de Greenhow. Le agradó comprobar que el lugar estaba limpio y brillaba con la luz de un alegre fuego y de una lámpara bien despabilada. La noche era más fría de lo que se podía esperar para abril, y un fuerte viento soplaba con violencia tan creciente que prometía una tormenta segura. Por espacio de unos minutos tras su llegada, el ruido de las ratas se interrumpió, pero en cuanto se acostumbraron a su presencia volvió a empezar. Le alegró oírlas, pues una vez más sus ruidos le hicieron sentir acompañado, y pensó de nuevo en el extraño hecho de que solo dejaran de manifestarse cuando la otra —la gran rata de mirada torva— hacía aparición. Solo estaba encendida la lámpara de lectura y la pantalla verde dejaba a oscuras el techo y la parte alta de las paredes, y la cálida y alegre luz de la chimenea se extendía por el suelo y el mantel blanco dispuesto en un extremo de la mesa. Malcolmson se sentó a cenar, con apetito y ánimo optimista. Tras la cena y un cigarrillo, se puso a trabajar, dispuesto a no dejar que nada le perturbara, pues recordaba la promesa hecha al médico, así que se mentalizó a sacar el mayor provecho posible al tiempo con que contaba.

Durante más o menos una hora trabajó bien, y entonces sus pensamientos empezaron a apartarse de los libros. La realidad física que lo rodeaba, las llamadas a su atención y su susceptibilidad nerviosa no podían pasarse por alto. Para entonces el viento se había convertido en temporal, y luego el temporal en tormenta. La vieja casa, pese a su solidez, parecía temblar hasta los cimientos, y la tormenta rugía colérica entre las numerosas chimeneas y los extraños y antiguos gabletes produciendo sonidos raros y sobrenaturales en las habitaciones desiertas y los pasillos. Incluso la gran campana de alarma del tejado debía de notar la fuerza del viento, ya que la cuerda subía y bajaba, como si la campana oscilara un poco de cuando en cuando, y entonces la flexible cuerda se arrastraba por el suelo con un sonido sordo y desagradable.

Mientras lo escuchaba, Malcolmson recordó las palabras del médico: «Es la cuerda que el verdugo usaba con las víctimas de la furia sentenciadora del juez», y se acercó a la esquina de la chimenea para tomarla entre las manos y verla mejor. Parecía irradiar una suerte de interés mortífero, y mientras Malcolmson se hallaba allí en pie se enfrascó en especulaciones acerca de quiénes fueron tales víctimas y del macabro interés del juez por tener semejante reliquia siniestra a la vista. Mientras tanto el mecimiento de la campana seguía haciendo subir y bajar la cuerda, pero a continuación Malcolmson percibió algo diferente, una especie de temblor en la cuerda, como si algo se moviera por ella.

Miró hacia arriba por instinto y vio a la gran rata descender despacio hacia él, mirándolo fijamente. Soltó la cuerda y retrocedió de un salto a la vez que mascullaba una maldición, y la rata dio media vuelta, corrió cuerda arriba y desapareció, y en ese mismo instante Malcolmson volvió a oír el ruido de las ratas, que se había interrumpido.

Todo ello le hizo pensar y se acordó de que no había investigado el cubil de la rata ni echado un vistazo a los cuadros, como era su idea. Encendió la otra lámpara, la que no tenía pantalla, y sosteniéndola en alto se situó frente al tercer cuadro desde el lado derecho de la chimenea, por donde había visto desaparecer a la rata la noche previa.

Nada más verlo, retrocedió tan rápido que a punto estuvo de dejar caer la lámpara, y una palidez de muerte le cubrió el rostro. La fallaban las rodillas, goterones de sudor asomaron a su frente y se puso a temblar como un álamo. Pero era joven y valiente, y se recompuso, y al cabo de unos segundos volvió a adelantarse, levantó la lámpara y examinó el cuadro que, desempolvado y limpiado, ahora se distinguía con claridad.

Era un juez ataviado con sus ropas de escarlata y armiño. Su rostro era poderoso e implacable, malvado, astuto y vindicativo, con una boca carnosa, nariz ganchuda y rubicunda y con el perfil del pico de un ave de presa. El resto de la cara tenía un color cadavérico. Los ojos poseían un brillo singular y tenían una mirada terriblemente maligna. Mirándolos, Malcolmson se quedó helado, al distinguir en ellos la perfecta semejanza con los de la gran rata. La lámpara casi se le cayó de la mano; vio a la rata, con sus ojos torvos, asomada al agujero en la esquina del cuadro, y advirtió la inmediata interrupción de todo ruido por parte de los demás roedores. No obstante, se dominó y prosiguió examinando el cuadro.

El juez estaba sentado en una gran silla de roble tallado, de respaldo alto, a la derecha de una gran chimenea de piedra junto a la que, en un rincón, pendía una cuerda desde el techo, con el extremo enrollado en el suelo. Experimentando algo cercano al horror, Malcolmson identificó el escenario como la estancia donde él mismo se encontraba, y miró atemorizado a su alrededor como si esperara toparse con alguna extraña presencia a su lado. Miró a la esquina de la chimenea, y con un fuerte grito dejó caer la lámpara.

Allí mismo, en la silla, con la cuerda colgando detrás, se hallaba sentada la rata, con los mismos ojos torvos que el juez, intensificados por una mirada diabólica. Salvo por el aullido de la tormenta todo estaba en silencio.

La lámpara caída obligó a Malcolmson a centrarse. Por suerte era metálica, así que el aceite no se había derramado. No obstante, la necesidad de recogerla le bastó para dominar los nervios. Cuando la hubo recogido, se enjugó la frente y se detuvo a pensar.

—Esto no está bien —se dijo—. Si sigo así voy a volverme loco. ¡Esto tiene que acabar! Prometí al médico no tomar té. Cuánta razón tenía. Debo de haber forzado mis nervios en exceso. Es raro que no me percatara. Nunca me había sentido mejor. Sin embargo, ahora me he dado cuenta y no volveré a ser tan necio.

Se sirvió una buena copa de brandi con agua, resuelto a sentarse y retomar el trabajo.

Había pasado cerca de una hora cuando alzó la vista del libro, alertado por un silencio repentino. En el exterior, el viento soplaba y bramaba con más fuerza que nunca, y cortinas de lluvia azotaban las ventanas, golpeando los cristales como granizo, pero dentro no había ningún sonido más allá del eco del viento en la gran chimenea, y de cuando en cuando el siseo de algunas gotas de lluvia que se abrían paso por el cañón de la chimenea en un receso de la tormenta. El fuego había menguado y ardía sin llama, si bien emitía un resplandor rojizo. Malcolmson escuchó con atención y terminó por oír un muy débil chillido. Procedía de la esquina donde colgaba la cuerda, y pensó que sería el sonido que hacía la cuerda contra el suelo al subir y bajar. Al alzar la vista, no obstante, vio en la penumbra que la gran rata colgaba de la cuerda y la estaba royendo. Casi la había cortado del todo; Malcolmson vio el tono más claro de las puntas roídas de las hebras. Seguía mirando cuando la labor quedó finalizada, y el extremo cortado cayó sonoramente al suelo de roble, mientras que por un instante la rata pendió como un tirador o una borla de la cuerda restante, que se meció de un lado a otro. Malcolmson sufrió otra punzada de terror al darse cuenta de que se le había privado de la posibilidad de pedir ayuda al exterior, pero rápidamente una intensa cólera ocupó el lugar de ese sentimiento y alzando el libro que estaba leyendo se lo lanzó a la rata. Había apuntado bien, pero antes de que el proyectil pudiera dar al roedor, este se soltó y cayó al suelo con un ruido blando. De inmediato Malcolmson se lanzó sobre la rata pero ella huyó a toda prisa, desapareciendo entre las sombras de la estancia. Malcolmson se dijo que el trabajo ya había concluido por esa noche, y decidió introducir un poco de variedad en su rutina cazando a la rata. Retiró la pantalla verde a la lámpara para disponer de más luz. Disminuyó así la oscuridad de la parte alta de la habitación, y bajo la marea de luz, potente en comparación con la oscuridad previa, los cuadros de las paredes quedaron del todo visibles. Desde donde se encontraba, Malcolmson vio, justo frente a él, el tercer cuadro a partir de la derecha de la chimenea. Se frotó los ojos, asombrado, y a continuación le invadió un terrible miedo.

En el centro del cuadro había un gran espacio irregular de lienzo marrón, tan limpio de pintura como si acabara de ser tensado sobre el marco. El fondo seguía siendo el mismo, con la silla, la esquina de la chimenea y la cuerda, pero el juez había desaparecido.

Malcolmson, casi petrificado de horror, dio media vuelta lentamente, y tembló como alguien presa de un ataque. Las fuerzas lo habían abandonado y era incapaz de realizar ningún movimiento, apenas podía pensar. Solo ver y oír.

En la gran silla de roble tallado estaba sentado el juez, con sus atavíos de escarlata y armiño, los ojos torvos resplandeciendo de afán de venganza, y una sonrisa triunfal en la boca firme y cruel, mientras alzaba en las manos un sombrero negro. Malcolmson sintió que se le helaba la sangre, como suele suceder en los episodios de suspense prolongado. Le zumbaban los oídos. Alcanzaba a oír la tormenta que soplaba y bramaba fuera, sonido entre el que se colaron los repiques de la medianoche procedentes del pueblo. Se quedó quieto como una estatua durante un tiempo que le pareció infinito, con los ojos horrorizados, abiertos de par en par, sin aliento. Con los tañidos de los relojes, la sonrisa triunfal de juez se intensificó, y con el último tañido se colocó el sombrero en la cabeza.

Muy despacio, el juez se alzó de la silla y tomó el trozo de cuerda que yacía en el suelo, lo acarició, como si gozara con su tacto, y a continuación, lentamente, hizo un lazo con él. Lo tensó y lo probó con el pie, tirando con fuerza hasta que pareció satisfecho. Caminó a lo largo de la mesa, por el lado opuesto a donde Malcolmson se encontraba, mirando a este fijamente, pasó por delante de él y se plantó frente a la puerta. Malcolmson se vio atrapado y trató de pensar en qué hacer. Los ojos del juez, que no se apartaban de los suyos, ejercían una fascinación que impedía mirar hacia otro lugar. Lo vio acercarse, interponiéndose siempre entre él y la puerta, alzar el lazo y lanzarlo hacia él como si quisiera apresarlo. Con gran esfuerzo, logró apartarse a un lado y la cuerda cayó al suelo de roble. El juez cobró el lazo y volvió a alzarlo para capturarlo, siempre con la torva mirada fija en él, y en cada ocasión, gracias a un portentoso esfuerzo, el joven estudiante conseguía esquivarlo en el último momento. Lo mismo sucedió unas cuantas veces, sin que el juez se desanimara ni pareciera molesto por sus fallos; más bien recordaba a un gato que disfrutara jugando con un ratón. La desesperación de Malcolmson alcanzó un clímax, permitiéndole echar un vistazo a su alrededor. La luz de la lámpara resultaba deslumbrante, iluminando bien la estancia. En todas las ratoneras, grietas y aberturas de los paneles de las paredes vio ojos de ratas, y eso, una sencilla percepción física, le proporcionó un atisbo de calma. Vio que la cuerda de la gran campana de alarma estaba cargada de ratas. Cada pulgada de la misma estaba cubierta de roedores, y más y más salían del pequeño orificio circular del techo, y bajo el peso de todas ellas la campana empezaba a oscilar.

Siguió haciéndolo hasta que el badajo tocó las paredes. El sonido resultó bajo pero la campana solo comenzaba a moverse; aumentaría.

Al oírlo, el juez, que había mantenido la mirada fija en Malcolmson, alzó la vista y una furia diabólica le frunció el rostro. Los ojos le brillaban como carbones incandescentes y estrelló un pie contra el suelo con tal estampido que toda la casa tembló. Un horrible trueno bramó en el cielo cuando el juez volvió a levantar la cuerda, mientras las ratas seguían corriendo arriba y abajo por la cuerda como si actuaran contrarreloj. En esta ocasión, en lugar de arrojarlo, se acercó a su víctima sosteniendo abierto el lazo. Su proximidad tenía un efecto paralizador, y Malcolmson se quedó rígido como un cadáver. Sintió los dedos helados del juez en la garganta mientras aquel la rodeaba con la cuerda. El lazo se tensó..., se tensó. A continuación, el juez, tomando al rígido estudiante en brazos, cargó con él y lo colocó en pie sobre la silla de roble, se situó a un lado, levantó un brazo y atrapó el oscilante extremo de la cuerda de la campana de alarma. Cuando subió la mano todas las ratas huyeron soltando chillidos y desaparecieron por el orificio del techo. Ató el extremo del alzo dispuesto alrededor del cuello de Malcolmson al extremo de la cuerda de la campana, y después retiró la silla.

En cuanto la campana de alarma de la casa del juez empezó a sonar se congregó una multitud. Hicieron aparición antorchas y luces diversas y rápidamente una masa silenciosa se apresuraba hacia el sitio. Aporrearon la puerta pero no hubo respuesta. La echaron abajo y entraron en tropel en el gran comedor, con el médico al frente.

En el extremo de la cuerda de la gran campana de alarma colgaba el cuerpo del estudiante, y, en el cuadro, el juez lucía una maligna sonrisa.

El entierro de las ratas

Si se sale de París por la carretera de Orleans, cruzando el Enceinte, y se gira a continuación a la derecha, se va a parar a un distrito desolado y nada respetable. A derecha e izquierda, delante y detrás, por doquier, se alzan enormes apilamientos de basura y desperdicios acumulados con el transcurso del tiempo.

París tiene una vida diurna, así como una nocturna, y el visitante que llegue a su hotel en la rue de Rivoli o en la rue St. Honoré tarde por la noche y salga por la mañana temprano deducirá, si es que no lo ha hecho ya, al acercarse a Montrouge, el propósito de todos esos grandes carromatos de madera, parecidos a calderas sobre ruedas, con los que se encuentra por todas partes.

Toda ciudad cuenta con instituciones peculiares en respuesta a sus particulares necesidades, y una de las más notables instituciones de París es su población de traperos. A primera hora del día —y en París el día comienza muy temprano— pueden verse en la mayoría de las calles, en los callejones aledaños a los patios y entre los edificios, como aún sucede en algunas ciudades de Estados Unidos, incluso en partes de Nueva York, grandes cajones de madera donde los criados o los propios inquilinos de los edificios de apartamentos vacían la basura acumulada durante el día anterior. Alrededor de tales cajones se congregan, y luego parten rumbo a nuevos campos que explotar, hombres y mujeres escuálidos y de mirada ansiosa, consistiendo las herramientas de su oficio en una maltratada bolsa o cesta colgada al hombro y un pequeño rastrillo con el que revuelven, exploran y examinan de la manera más minuciosa el contenido de los cajones de basura. Recogen y depositan en sus cestas, sirviéndose del rastrillo, lo que sea que encuentran, con la misma facilidad con que un chino usa los palillos.

En París impera la centralización, y centralización y clasificación van siempre de la mano. Al principio, cuando la centralización comienza a manifestarse, la clasificación es su precursora. Todo lo que sea similar o análogo es agrupado, y de la asociación de grupos surge un núcleo o punto central. Numerosos y largos brazos, a semejanza de tentáculos innumerables, irradian en todas direcciones, mientras que en el centro se eleva una cabeza gigantesca provista de un cerebro exhaustivo, ojos que escrutan a todo su alrededor, oídos agudos y una boca voraz.

Otras ciudades guardan similitud con aves, bestias y peces cuyos apetitos y digestiones son normales. París se diferencia de todas por su apoteósica analogía con el pulpo. Producto de la centralización llevada *ad absurdum,* mantiene un estrecho parecido con la diabólica bestia marina, y en nada se asemejan más que en su aparato digestivo.

Los turistas inteligentes que, habiendo dejado su criterio personal de lado para ponerse en manos de los señores Cook o Gaze, «hacen» París en tres días, se quedan perplejos al descubrir que la cena por la que en Londres tendrían que pagar seis chelines la pueden disfrutar por tres francos en un café del Palais Royal. No se asombrarían tanto de eso si se detuvieran a pensar en una de las especialidades de la vida parisina: la actividad clasificatoria, en la que tiene su génesis la figura del *chiffonier.*

El París de 1850 no era como el de hoy, y los que ven el París de Napoleón y del barón Haussman difícilmente se pueden imaginar cómo eran las cosas cuarenta y cinco años atrás.

No obstante, entre lo que no ha cambiado se hallan los distritos donde se deposita la basura. La basura es basura en todas partes y en todas las épocas, y la semejanza de sus amontonamientos es perfecta. Por lo tanto, el viajero que visita los alrededores de Montrouge puede fácilmente viajar de vuelta al año 1850.

Aquel año me encontraba yo haciendo una larga estancia en París. Estaba muy enamorado de una joven que, pese a corresponder mi pasión, se avenía en tal medida a los deseos de sus progenitores que había prometido no verme ni escribirme por espacio de un año. También yo me había visto obligado a acceder a esas condiciones, aferrándome a la vaga promesa de recibir la aprobación de los padres. Prometí permanecer fuera del país durante el periodo de prueba y no escribir a mi amada hasta el cabo de un año.

Huelga decir que el tiempo pasaba despacio. No había nadie de mi familia ni de mis amigos que pudiera darme noticias de Alice; tampoco nadie de su círculo, lamento decirlo, con suficiente generosidad como para tranquilizarme sobre su salud y bienestar. Pasé seis meses viajando por Europa, pero al no hallar ninguna distracción satisfactoria decidí instalarme en París, donde, al menos, estaría cerca de Londres en el caso de que la buena fortuna me permitiera volver antes de la fecha señalada. Que «la esperanza pospuesta amarga el corazón» nunca fue más cierto que en mi caso, ya que, además del anhelo perpetuo de ver el rostro que amaba, cargaba siempre con la angustia de que un accidente me impidiera presentarme ante Alice y rendir cuentas de que, durante el largo periodo de prueba, yo había sido fiel tanto a su confianza como a mi propio amor. Por lo tanto, toda aventura que acometía me generaba un gran placer, ya que entrañaba unas consecuencias mucho mayores de las que acarrearía en circunstancias ordinarias.

Igual que todos los viajeros, agoté todos los lugares de interés en el primer mes de estancia, y en el segundo no me quedó más remedio que buscar entretenimiento donde fuera. Habiendo hecho varias excursiones a los suburbios más conocidos, descubrí que existía una *terra incognita,* al menos por lo que concierne a las guías de viaje, en el paraje social que media entre esos puntos señalados. Emprendí, pues, una investigación sistemática, y cada día retomaba el hilo de mi exploración allí donde lo había interrumpido la víspera.

Con el paso de los días, mis paseos me condujeron a las proximidades de Montrouge, y descubrí allí la Última Thule de la exploración social, un paraje tan poco conocido como las fuentes del Nilo Blanco. Resolví así investigar meticulosamente al *chiffonier:* su hábitat, costumbres y medio de vida.

Era una labor desagradable, difícil de llevar a cabo y con escasos visos de recompensa. No obstante, pese a lo que recomendaba el sentido común, la obstinación se impuso y afronté mi nueva investigación con mayor entusiasmo del que pondría en cualquier otro proyecto más útil y beneficioso.

Un día, a última hora de una bonita tarde de finales de septiembre, me adentré en el corazón del corazón de la ciudad de la basura. El sitio servía de morada a numerosos *chiffoniers,* a juzgar por la disposición nada casual de los montones de basura cerca del camino. Pasé ente ellos, que se alzaban como centinelas firmes, decidido a penetrar más y más, hasta el destino último de la basura.

Vi entre los montones unas siluetas nerviosas, que observaban con interés la aparición de un desconocido en un sitio semejante. El distrito era como una Suiza en miniatura, y el tortuoso camino se perdió de vista a mi espalda tras una curva.

Llegué finalmente a lo que parecía una pequeña ciudad o comunidad de *chiffoniers.* Había unas cuantas chabolas o cabañas, como las que pueden encontrarse en zonas remotas del Bog de Allen: toscas construcciones de zarzo y barro y techumbres de paja de mala calidad, desechada por los establos; sitios donde uno no querría entrar bajo ninguna circunstancia y que ni siquiera en pintura resultarían pintorescos, a no ser que fueran plasmados con mucha generosidad. Entre aquellas cabañas había una de las adaptaciones —no puedo denominarla residencia— más extrañas que hubiera visto nunca. Un armario inmenso y viejo, un remanente del algún *boudoir* de Carlos VII o Enrique II, había sido transformado en alojamiento. Las puestas dobles estaban abiertas de par en par, así que el interior quedaba a la vista de quien pasara por delante. En una mitad del armario había una salita de estar de unos cuatro pies por seis, donde estaban sentados, fumando sus pipas alrededor de un brasero de carbón, seis antiguos soldados de la Primera República, con los uniformes sucios y harapientos.

Saltaba a la vista que entraban en la categoría de *mauvais sujet;* los ojos llorosos y las mandíbulas flojas eran pruebas evidentes de su amor compartido por la absenta, y sus miradas ojerosas mostraban la fatiga y la ferocidad sedada consecuencia de la bebida. El otro lado del armario permanecía como había sido originariamente, con sus seis estanterías, salvo que estas habían sido recortadas hasta dejarlas con la mitad del fondo, y en cada una había ahora una cama fabricada con harapos y paja. La media docena de ilustres personajes que ocupaba semejante habitáculo me miró con curiosidad al pasar, y cuando miré hacia atrás poco después vi sus cabezas arracimadas, cuchicheando. Aquello no me gustó nada; era un sitio solitario y aquellos hombres parecían de la peor calaña. No obstante, no encontré motivos para tener auténtico miedo y seguí adelante, adentrándome más y más en el Sáhara. El camino era tortuoso y, después de recorrer varios tramos en forma de semicírculo, como cuando practicas el balanceo holandés al patinar sobre hielo, acabé por perder la orientación.

Poco más tarde, al rodear un montón de basura a medio levantar, vi, sentado sobre una paca de paja, a un viejo soldado con un abrigo raído.

«¡Vaya! —me dije—. La Primera República cuenta aquí con una buena representación de sus soldados».

Cuando pasé ante él, el viejo no me miró, sino que permaneció con la vista resueltamente clavada en el suelo. Una vez más, me dije: «He ahí las consecuencias de la guerra. A ese hombre ya no le queda ninguna curiosidad».

Unos pasos más allá, sin embargo, miré de pronto hacia atrás y vi que su curiosidad no había muerto; el veterano había erguido la cabeza y me observaba con expresión extraña. Se parecía mucho a los seis hombres del armario. Al ver que lo estaba mirando volvió a agachar la cabeza, y, sin volver a pensar en él, retomé mi camino, satisfecho de haber hallado cierta semejanza entre los antiguos guerreros.

Pocos después me encontré con otro viejo soldado, similar a los anteriores. Él tampoco dio muestras de verme cuando pasé por delante.

Para entonces ya se estaba haciendo tarde y yo empezaba a pensar en dar media vuelta. Volví sobre mis pasos pero me topé con varios caminos diferentes que se perdían entre las pilas de basura y no sabía cuál debía tomar.

Esperaba encontrar a alguien a quien preguntar cuál era el camino correcto, pero en ese momento no vi a nadie. Decidí seguir adelante unos pocos amontonamientos más, con la esperanza de ver a alguien; a ser posible, que no fuera un veterano.

Lo conseguí, pues al cabo de unas doscientas yardas apareció ante mí una chabola como las vistas antes, con la salvedad de que esa no estaba destinada a servir de vivienda, pues contaba con nada más que un tejado sostenido por tres paredes, con el frente abierto. Por las evidencias que ofrecían los alrededores, deduje que era un lugar donde clasificar basura. En el interior de la chabola había una vieja arrugada y encorvada.

Su puso en pie cuando me acerqué y le pregunté el camino. De inmediato se enfrascó en una conversación conmigo, y se me ocurrió que aquel, el mismísimo centro del Reino de la Basura, era el mejor sitio para recabar detalles sobre la historia de los traperos parisinos, sobre todo si contaba con el testimonio de quien parecía la moradora más vieja del lugar.

Arranqué con mis preguntas y la vieja me dio respuestas de lo más interesantes; había sido una de las mujeres que a diario se plantaban ante la guillotina y que destacaron durante la revolución por su violencia. Mientras hablábamos, dijo de pronto:

—Pero m'sieur debe de estar cansado de permanecer de pie.

Quitó el polvo a un taburete viejo y tambaleante para que yo tomara asiento. No me apetecía hacerlo, por razones varias, pero la pobre vieja era tan educada que no quería arriesgarme a ofenderla rechazando su ofrecimiento, por no mencionar que la conversación de alguien que había tomado parte en la toma de la Bastilla era de lo más atractivo, así que me senté y proseguimos la charla.

Mientras hablábamos, un viejo —mayor e incluso más encorvado y arrugado que la anciana— apareció por un lado de la chabola.

—Este es Pierre —dijo la vieja—. Él puede contarle muchas historias a m'sieur, porque Pierre estuvo en todo, desde la Bastilla a Waterloo.

Respondiendo a mi invitación, el viejo cogió otro taburete y nos enfrascamos en un mar de recuerdos revolucionarios. Aquel viejo, pese a vestir como un espantapájaros, era como los seis veteranos del armario.

Yo estaba sentado en el centro de la baja chabola, con la mujer y el hombre frente a mí; ella a la izquierda y él a la derecha. El sitio esta atestado de toda clase de curiosas muestras de basura, y de muchas cosas a las que yo no quería ni acercarme. En un rincón había un montón de harapos que parecía moverse, de tantos gusanos como albergaba; y en otro, una pila de huesos de olor mareante. De cuando en cuando, entre los montones veía brillar los ojos de algunas de las ratas que infestaban el lugar. Aquello ya era bastante repugnante, pero más espantosa aún era una vieja hacha de carnicero con mango de hierro y manchas de sangre que había apoyada contra la pared derecha. Pese a todo, nada me preocupó. La charla de la vieja pareja era tan fascinante que perdí la noción del tiempo, hasta que anocheció y las pilas de basura arrojaron oscuras sombras sobre los valles entre ellas.

Al cabo de un rato empecé a inquietarme. No sabía por qué, pero no estaba tranquilo. La inquietud responde al instinto y es una advertencia. Las facultades físicas son a menudo los centinelas del intelecto, y cuando hacen sonar la alarma la razón empieza a actuar, aunque quizás de manera inconsciente.

Fue eso lo que me pasó. Recordé dónde estaba y lo que me rodeaba, y me pregunté qué haría en caso de verme atacado, y entonces me asaltó la idea, pese a carecer de causa manifiesta, de que me hallaba en peligro. La prudencia me susurró: «Quédate quieto y no des señales de inquietud». Y eso hice, consciente de que tenía cuatro astutos ojos fijos en mí. «Cuatro... ¡por lo menos!». ¡Dios mío, qué idea tan horrible! ¡La chabola podía estar rodeada por tres de sus costados por malvados! ¡Podía estar a merced de un grupo de bandidos resultado de medio siglo de revolución periódica.

El peligro agudizó mi intelecto y mi capacidad de observación, volviéndome más atento que de costumbre. Me fijé en que la mirada de la vieja se veía atraída constantemente hacia mis manos. Yo también las miré y descubrí el motivo: mis anillos. En el meñique izquierdo llevaba un sello de buen tamaño y en el derecho un diamante de calidad.

Pensé que, en caso de existir verdadero peligro, mi primera precaución debía ser evitar sospechas. Conduje la conversación hacia el oficio de los traperos, hacia las cloacas, hacia las cosas que podían encontrarse allí, y así, paso a paso, hasta las joyas. Viendo una buena oportunidad, pregunté a la vieja si sabía algo de este último tema. Respondió que sí, un poco. Extendí la mano derecha y, enseñándole el diamante, le pregunté qué le parecía. Me respondió que su vista era mala y se acercó a mi mano.

—Discúlpeme —dije de la manera más despreocupada que pude—. Lo verá mejor así.

Sacándomelo del dedo se lo tendí. Una luz impía alumbró su marchito rostro cuando lo cogió. Me lanzó una mirada tan fugaz y aguda como el destello de un rayo.

Se inclinó sobre el anillo, quedando su rostro fuera del alcance de mi vista mientras lo examinaba. El viejo miraba fijamente hacia el exterior de la chabola, al mismo tiempo que rebuscó en sus bolsillos y sacó un pellizco de tabaco envuelto en un papel y una pipa, que procedió a cargar. Aproveché el momento de serenidad y el descanso que me habían concedido los escrutadores ojos de la pareja para examinar con cuidado el lugar, ahora borroso y repleto de sombras con la llegada del crepúsculo. Allí seguían los pestilentes montones de detritus diversos, la terrible hacha manchada de sangre apoyada en un rincón a mi derecha, y por doquier, pese a la penumbra, el siniestro brillo de los ojos de las ratas. Los vi relucir incluso a través de las grietas entre las tablas de la parte baja del fondo de la chabola, cerca del suelo. ¡Un momento! ¡Aquellos ojos parecían más grandes, brillantes y siniestros!

Se me encogió el corazón y la cabeza me dio vueltas, presa de esa suerte de embriaguez espiritual durante la que no llegas a desplomarte tan solo porque al cuerpo no le da tiempo, pues te recuperas antes. Un segundo después volvía a estar sereno, imbuido de una fría calma, repleto de energía, gobernado por un autocontrol se diría que perfecto y con los sentidos e instintos alerta.

Conocía ahora la dimensión del peligro que se cernía sobre mí: ¡me observaba y rodeaba una banda de desesperados! No podía imaginar cuántos había tendidos en el suelo tras la chabola, a la espera del momento de atacar. Yo sabía que era grande y fuerte, y ellos lo sabían también. Sabían asimismo, al igual que yo, que era inglés y que, por lo tanto, presentaría batalla; así que todos aguardábamos. Pensé que en los últimos segundos había ganado cierta ventaja, ya que era consciente del peligro y me había hecho una composición de la situación. Ahora, pensé, se pone a prueba mi valor, también mi resistencia; ¡mi capacidad de pelea la comprobaremos luego!

La vieja levantó la cabeza y me dijo en tono de complacencia:

—Muy buen anillo, claro que sí. ¡Un anillo precioso! Yo antes tenía muchos así, montones, ¡y también brazaletes y pendientes! Es que en los buenos tiempos yo llevaba de cabeza a toda la ciudad. Pero ya no se acuerdan de mí. No; en realidad, no. La gente de ahora nunca ha oído hablar de mí. A lo mejor sus abuelos me recuerdan, ¡los que quedan! —dijo, y se rio de una manera rasposa, similar a un graznido. Y debo decir que la vieja me asombró cuando a continuación me tendió el anillo de vuelta con un asomo de anticuada elegancia no carente de patetismo.

El viejo le clavó una mirada rabiosa, levantándose a medias del taburete, y me dijo súbitamente y con aspereza:

—¡Déjeme verlo!

Estaba yo a punto de dárselo cuando la vieja dijo:

—¡No! ¡No se lo deje a Pierre! Es descuidado. Pierde las cosas. Y es un anillo muy bonito.

—¡Cierra la boca! —dijo el viejo, rabioso.

De pronto, la vieja dijo, más alto de lo que parecía necesario:

—¡Espere! Le contaré una historia sobre otro anillo.

Algo en su tono de voz me hizo ponerme en guardia. Quizás fuera mi hipersensibilidad, agudizada por el estado de excitación nerviosa, pero me pareció que no se dirigía a mí. Eché un vistazo y vi los ojos de las ratas en los montones de huesos pero no vi los que antes se asomaban a las grietas de la parte trasera de la chabola. De inmediato, estos volvieron a aparecer. La orden de la vieja —«¡Espere!»— me había dado un respiro al posponer el ataque; los hombres habían vuelto a tumbarse en el suelo.

—Una vez perdí un anillo, un precioso anillo de diamantes que había pertenecido a una reina, y que me regaló un recaudador de impuestos que más tarde se cortó el pescuezo cuando lo abandoné. Pensé que me lo habían robado e interrogué a mi gente, pero no encontré ninguna pista. Vino la policía y dijo que a lo mejor se había caído por el desagüe. Bajamos a las alcantarillas, yo con mis preciosas ropas, porque no me fiaba de ellos si encontraban mi precioso anillo. Ahora conozco mejor las alcantarillas, y a las ratas, pero nunca olvidaré la primera vez que entré en aquel sitio horrible, repleto de ojos resplandecientes, todo un muro de ellos, justo donde terminaba la luz de nuestras antorchas. Llegamos debajo de mi casa. Buscamos bajo la salida de mi desagüe y allí, entre la porquería, encontramos mi anillo, y nos dispusimos a salir.

»Pero antes nos encontramos con algo más. Cuando ya casi estábamos en la salida, una banda de ratas de cloaca —estas humanas— se nos acercó. Dijeron a la policía que uno de los suyos se había adentrado en la alcantarilla y no había vuelto. Había sido poco antes de que nosotros anduviéramos por allí, así que, en caso de haberse perdido, no podía andar muy lejos. Pidieron ayuda para dar con él, por lo que dimos media vuelta. Intentaron impedirme ir con ellos, pero yo insistí. Era una experiencia nueva, y había recuperado el anillo. No tardamos en dar con algo. Había poca agua y el fondo de la alcantarilla quedaba a la vista: ladrillos e inmundicia de toda clase. El tipo había presentado batalla, incluso cuando ya se le había apagado la antorcha. ¡Pero eran muchas para él! ¡No hacía mucho que se habían ido! Los huesos todavía estaban calientes, y mondos. Hasta se habían comido a las que habían muerto de las suyas; había huesos de ratas además de los del hombre. Sus compañeros se lo tomaron fríamente y se rieron de su camarada cuando lo encontraron muerto, aunque de haber llegado a tiempo le habrían ayudado. ¡Bah! ¿Qué importa morir o vivir?

—¿Y no tuvo usted miedo? —pregunté.

—¿Miedo? —preguntó ella riendo—. ¿Miedo yo? ¡Pregunte a Pierre! Entonces era joven y mientras avanzaba por aquella cloaca horrible, con el muro de ojillos hambrientos moviéndose a la vez que la luz de las antorchas, no estaba nada tranquila. ¡Pero caminaba por delante de los hombres! ¡Esa es mi costumbre! Nunca dejo que un hombre vaya por delante de mí. Todo cuanto necesito es la oportunidad y los medios. Y ellas lo devoraron, no dejaron más que los huesos, y nadie se dio cuenta, ¡no oímos nada!

Al decir esto rompió en el arranque de carcajadas más escalofriante que yo hubiera oído jamás. Una gran poetisa describió a su heroína con las siguientes palabras: «¡Oh! ¡Verla u oírla cantar! ¡Nada más divino conozco!».

Lo mismo puedo afirmar de aquella bruja, salvo por lo divino, porque no podría decir qué fue más endiablado: la risa rasposa, malvada, satisfecha de sí misma y cruel, o la sonrisa lasciva y la horrible abertura cuadrada de su boca, semejante a una máscara trágica, y el brillo amarillento de los pocos dientes que le quedaban en sus deformes encías. Sus carcajadas, su sonrisa y su graznante satisfacción me informaron, tan claramente como lo habrían hecho palabras estruendosas, de que mi asesinato estaba decidido, y que los asesinos solo aguardaban el momento idóneo. Entre las líneas de su espantoso relato leí las instrucciones dirigidas a sus cómplices. «Esperad —parecía decir—. Aguardad el momento. Yo daré el primer paso. Conseguidme un arma y yo crearé la ocasión. No escapará. Que no hable y nadie se enterará. No habrá alboroto. ¡Las ratas harán su trabajo!».

Cada vez estaba más oscuro; la noche se aproximaba. Eché un vistazo alrededor, todo seguía igual. El hacha ensangrentada en el rincón, los montones de hediondez y los ojos en las pilas de huesos y en las grietas al pie de la pared.

Pierre había estado aculatando su pipa con gestos exagerados; encendió una cerilla y chupó por la boquilla.

—Querido —dijo la vieja—, qué oscuro está. Pierre, sé bueno y enciende la lámpara.

Pierre se levantó y tocó con la llama de la cerilla la mecha de una lámpara colgada a un lado de la entrada de la chabola, y que tenía un reflector que arrojaba luz sobre todo el sitio. Debía de ser la que usaban en sus salidas nocturnas.

—¡Esa no, estúpido! ¡Esa no! ¡La linterna! —le gritó la vieja.

Él la apagó inmediatamente de un soplido.

—Muy bien, mamá. La buscaré —dijo, y se puso a rebuscar en el rincón izquierdo de la estancia.

—¡La linterna! ¡La linterna! —no cesaba de repetir la vieja en la oscuridad—. Es la luz más útil para nosotros, la pobre gente. ¡La linterna fue la amiga de la revolución! ¡Es la amiga del *chiffonier*! ¡Nos ayuda cuando falla todo lo demás!

Apenas había dicho esto cuando se oyeron crujidos por todas partes y algo se arrastró, claramente, sobre el tejado.

Una vez más, leí entre líneas. Interpreté sus palabras sobre la linterna.

«¡Que uno de vosotros suba al tejado con una cuerda y lo estrangule si se nos escapa!».

Miré hacia fuera y vi un lazo recortado sobre el fondo brillante del cielo. Ahora sí que me hallaba rodeado.

Pierre no tardó en dar con la linterna. Yo no perdía de vista a la vieja. Pierre encendió otra cerilla y durante el fogonazo vi que la vieja se erguía tras haber cogido del suelo, donde había aparecido misteriosamente, un cuchillo largo y afilado, o quizás una daga, que ocultó entre los pliegues de su ropa. Parecía un afilador de carnicero, con el extremo en punta.

Se encendió la linterna.

—Tráela aquí, Pierre —dijo ella—. Ponla junto a la entrada, donde podamos verla. ¡Qué bonita es! ¡Expulsa la oscuridad para nosotros! ¡Es perfecto!

¡Perfecto para ella y sus propósitos! La luz me daba en la cara, dejando en sombra los rostros de Pierre y de la mujer, sentados frente a mí.

Se acercaba el momento de entrar en acción, pero sabía que la orden y el primer movimiento vendrían de la mujer, así que no la perdía de vista.

Yo estaba desarmado pero había decidido lo que haría. En primer lugar cogería el hacha de carnicero que estaba a mi derecha y me abriría paso con ella. Al menos, vendería cara mi vida. Eché un vistazo para asegurarme de su ubicación exacta y poder cogerla a la primera porque, más que nunca, la rapidez y la precisión serían cruciales.

¡Dios mío! ¡Había desaparecido! El horror de la situación me embargó, pero lo más terrible fue pensar en que, si yo salía perdiendo, Alice sufriría. O bien pensaría que la había engañado —y cualquiera que ame a alguien o que lo haya hecho comprende lo amargo de tal perspectiva— o bien continuaría amándome cuando yo ya hubiera desaparecido para ella y para el resto del mundo, con lo que su vida acabaría rota, hecha añicos por la decepción y la desesperanza. Imaginar la dimensión de su dolor me dio fuerzas y me permitió resistir el horrible escrutinio de los conspiradores.

Pienso ahora que no me fallé a mí mismo. La vieja me observaba como un gato mira a un ratón; tenía la mano derecha oculta entre los pliegues de la ropa, aferrada, estaba seguro, a la larga daga de cruel apariencia. En caso de haber visto un asomo de flaqueza en mi rostro, habría sabido que el momento había llegado y se habría abalanzado sobre mí como una tigresa, segura de tomarme desprevenido.

Miré hacia la noche y me encontré con una nueva fuente de peligro. Frente a la caseta y a su alrededor, a escasa distancia, atisbé varias siluetas; permanecían inmóviles pero supe que estaban alerta y a la espera. En aquella dirección no tenía muchas posibilidades.

Eché otro vistazo a mi alrededor. En momentos de gran excitación o de gran peligro, que es motivo de excitación también, la mente trabaja muy rápido y la agudeza de las capacidades dependientes del cerebro aumenta en proporción. Eso sentí entonces. Me bastó un instante para percibir la totalidad de la situación. Supe que habían sacado el hacha a través de un agujero abierto en una tabla podrida de la pared. ¡En qué estado se hallaría esta para poder hacer tal cosa sin el menor ruido! La chabola era una trampa mortal, bien guardada por todas direcciones. En el tejado yacía un estrangulador presto a atraparme con su lazo en caso de que yo consiguiera escapar de la daga de la bruja. Por la parte delantera el camino estaba cortado por no sabía cuántos hombres. Y en la parte trasera aguardaba una fila de desesperados —había visto sus ojos entre las tablas la última vez que miré— a la espera de una señal para levantarse de un salto. Si había que hacerlo, ¡ahora era el momento!

Tan despreocupadamente como pude, me giré un poco sobre el taburete, como si quisiera acomodar la pierna derecha. A continuación, con un salto repentino, agachando la cabeza y protegiéndola con las manos, y con el instinto luchador de los caballeros de antaño, exclamé el nombre de mi amada y me lancé contra la pared trasera de la choza.

Pese a hallarse atentos, lo súbito de mi movimiento sorprendió a Pierre y a la vieja. Mientras atravesaba las tablas podridas vi a la vieja levantarse de un salto como un felino y oí su exclamación de frustración y rabia. Pisé algo que se movió y supe que era la espalda de uno de los hombres que aguardaban bocabajo fuera de la chabola. Me arañaron clavos y astillas pero no sufrí heridas mayores. Sin aliento, subí la pila de basura que me encontré delante, oyendo a mi espalda el ruido blando que la chabola hizo al venirse abajo.

Fue una escalada de pesadilla. El montón, pese a no ser excesivamente alto, sí era muy empinado, y a cada paso la masa de basura y ceniza se deshacía y yo perdía pie. Se levantó el polvo, asfixiándome; era asqueroso, fétido, insoportable, pero sabía que era cuestión de vida o muerte, así que seguí subiendo. Los segundos parecían horas, pero los instantes ganados gracias a la sorpresa, unidos a mi juventud y fortaleza, me proporcionaron una gran ventaja, y, pese a que varias siluetas luchaban por seguirme, en un completo silencio más aterrador que cualquier sonido, alcancé la cima con facilidad. Después de aquello he escalado el cono del Vesubio, y mientras me esforzaba en aquella temible pendiente, entre fumarolas sulfurosas, el recuerdo de aquella espantosa noche en Montrouge volvió a mí con intensidad tal que a punto estuve de padecer un mareo.

El montón era uno de los más altos del basural, y mientras trepaba hacia la cumbre, jadeando en busca de aire y con el corazón palpitando como un martillo pilón, vi a mi izquierda el brillo rojizo del cielo, y más cerca luces de casas. ¡Gracias a Dios! ¡Ya sabía dónde estaba y en qué dirección se encontraba París!

Hice un alto de dos o tres segundos y miré atrás. Mis perseguidores seguían a bastante distancia, pero lejos de ceder, y avanzando en un silencio mortal. Más allá la chabola había quedado reducida a ruinas: una masa de tablas y de siluetas en movimiento. Podía verla bien porque de ella brotaban las llamas; la linterna había prendido fuego a los harapos y la paja. ¡Y aun así de allí no llegaba sonido alguno! ¡Nada más que completo silencio! Aquellos engendros aún podían ganarme la mano, en cualquier caso.

No tuve tiempo más que para una mirada rápida, porque cuando, antes de iniciar el descenso, eché un vistazo alrededor del apilamiento de basura, vi varias figuras oscuras que corrían por ambos laterales para cortarme el paso. Me tocaba correr por mi vida. Intentaban cerrarme el camino a París, y respondiendo a lo que me dictó el instinto me lancé por el lado derecho. Justo a tiempo, porque aunque llegué abajo en lo que me parecieron unas pocas zancadas, los viejos que me perseguían se acercaron mucho y, cuando me abalancé por el hueco entre dos montones de basura, a punto estuvo de alcanzarme un golpe asestado con la terrible hacha de carnicero. ¡Era imposible que hubiera dos armas como aquella!

Arrancó entonces una horrible persecución. Saqué terreno fácilmente a los viejos, e incluso cuando algunos más jóvenes y unas pocas mujeres se sumaron a la cacería seguí ganando distancia. Pero no sabía por dónde ir y ni siquiera podía guiarme por la luz del cielo, que había quedado a mi espalda. Yo había oído que, salvo que tomara una decisión consciente, alguien que se ve perseguido siempre gira a la izquierda, y eso me descubrí haciendo; imagino que mis perseguidores, siendo más animales que personas, lo sabían también, ya fuera por perversidad o instinto, porque después de un gran esfuerzo tras el que confiaba poder hacer un alto para recobrar el aliento, vi pasar a toda prisa frente a mí a dos o tres siluetas que bordeaban una pila.

¡Iba a caer en una tela de araña! Pero la conciencia de este nuevo peligro trajo consigo la resolución del hombre acosado, y en el siguiente giro me lancé hacia la derecha. Seguí en esa dirección unos cientos de yardas y volví a doblar a la izquierda, convencido de que al menos ya no estaba rodeado.

Pero me seguían persiguiendo. La muchedumbre se acercaba, terca, tenaz, incansable y siempre en un absoluto y lúgubre silencio.

Al aumentar la oscuridad —casi era ya de noche— los apilamientos parecían más altos que antes. Sacaba una buena ventaja a mis perseguidores, así que me lancé a trepar una pila de basura.

¡Mi alegría no podría haber sido mayor! Casi había salido de aquel infierno de desperdicios. Frente a mí, el brillo rojizo de París alumbraba el cielo, y más allá se erguían las alturas de Montmartre: una semiluz salpicada de puntos brillantes como estrellas.

Recuperada la energía en un momento, superé los pocos montones que quedaban, cada vez de menor altura, y llegué a terreno llano. No obstante, ni siquiera allí la perspectiva era halagüeña. A mi alrededor no había más que oscuridad y desolación; había ido a parar a uno de esos lugares

húmedos, oscuros y llanos que hay en los alrededores de las grandes ciudades. Lugares sucios y deprimentes, destinados a la aglomeración última de cuanto es nocivo, y donde la tierra es tan pobre que ni los más necesitados sienten deseos de ocuparla. Con los ojos habituados a la penumbra del atardecer, y lejos de las sombras de las horribles pilas de basura, veía mucho mejor que un momento atrás. También podía suceder, claro está, que el reflejo de las luces de París en las nubes, pese a hallarse la ciudad a unas cuantas millas, proporcionara claridad suficiente. En cualquier caso, podía ver a cierta distancia.

Enfrente se extendía un basural desolado y, en principio, llano, salpicado del oscuro brillo de algunas charcas de agua estancada. A la derecha, y lejano en apariencia, entre un cúmulo de luces, se elevaba la oscura masa de Fort Montrouge, y a la izquierda, entre la oscuridad, la luz en las ventanas de unas casas aisladas señalaba la localidad de Bicêtre. Me bastó un momento para decidirme por la derecha e intentar llegar a Montrouge. Allí encontraría al menos alguna protección y era posible que no tardara en toparme con algún cruce de caminos conocido. En alguna parte, no muy lejos, debía estar la estratégica carretera que conectaba la cadena de fuertes que rodeaba la ciudad.

Miré atrás. Encima de los montones de la basura y recortadas contra el resplandor parisino, vi acercarse varias siluetas negras, y a la derecha, a buena distancia todavía, unas cuantas más se desplegaban entre donde yo estaba y mi objetivo. Estaba claro que pretendían cortarme el paso en esa dirección, así que mis opciones se habían reducido; se limitaban ahora a seguir de frente o hacia la izquierda. Me agaché y escruté el horizonte en busca de más siluetas recortadas, sin ver rastro de enemigos. Deduje que si no habían protegido aquella dirección ni parecían tener intención de hacerlo, era porque albergaba algún peligro. Decidí por tanto continuar hacia el frente.

No era una perspectiva prometedora, y no tardó en empeorar. El terreno se volvió blando y limoso, y cada pocos pasos mis pies se hundían, lo que resultaba de lo más desagradable. Pese a que me había parecido que el terreno era llano, debía de descender porque pronto me vi rodeado de puntos más altos que donde yo estaba. Miré a mi alrededor sin ver a mis perseguidores. Era extraño, porque durante toda la noche aquellas aves nocturnas me habían seguido con tanta facilidad como a plena luz del día. Me maldije por haber elegido aquella mañana un traje de turista de *tweed* claro. El silencio y el no poder ver a mis enemigos, sintiendo que ellos me observaban, era aterrador, así que con la esperanza de que alguien que no perteneciera a aquella temible banda pudiera oírme, grité varias veces. No hubo ni la más mínima respuesta, ni siquiera un eco recompensó mis esfuerzos. Me quedé paralizado un instante, con la vista fija. En uno de los puntos elevados vi moverse una sombra, y luego otra, y otra más. Sucedía eso a mi izquierda; querían adelantarme para cortarme el paso.

Pensé de nuevo que mis dotes como corredor me permitirían volver a librarme de mis enemigos, y me lancé adelante a toda velocidad.

¡Splash!

Mis pies se habían hundido en una masa de desperdicios viscosos y había caído de cabeza en una charca hedionda. La mezcla de agua y barro en que mis brazos se hundieron hasta los codos era nauseabunda en una medida que escapaba a la descripción, y al caer de improviso había tragado algo de aquella materia repugnante, que a punto estuvo de asfixiarme y que me hizo jadear en busca de aliento. Nunca olvidaré los instantes que pasé tratando de recuperarme, al borde del desmayo, rodeado por la fetidez de la inmunda charca, de la que se alzaba una neblina blancuzca y fantasmagórica. Y lo peor de todo, la agudeza fruto de la desesperación con que el animal acosado vislumbra la manada que se cierne sobre él me permitió ver, mientras seguía quieto e indefenso, que mis perseguidores me cercaban a toda velocidad.

Es curioso qué cosas tan extrañas nos detenemos a pensar incluso cuando todas nuestras energías mentales se concentran en una amenaza terrible y urgente. Mi vida estaba en peligro, mi integridad dependía de que me pusiera en acción, y debía tomar decisiones cruciales casi a cada paso que daba, y pese a todo no podía dejar de admirar la extraña persistencia de aquellos viejos. Su callada resolución, su firme y lúgubre empeño eran motivo no solo de temor sino asimismo de cierto respeto. ¡Lo que debieron ser en el vigor de su juventud! Comprendí entonces la carga arrolladora en el puente de Arcole y los gritos de desdén de la Vieja Guardia en Waterloo. La actividad mental inconsciente tiene momentos de recreo, incluso en ocasiones como aquella, pero por fortuna no acalla los pensamientos que llaman a la acción.

Me bastó un vistazo para saber que había fracasado en mi objetivo. Mis enemigos habían conseguido cercarme por tres lados y me forzaban a dirigirme hacia la izquierda, donde algún peligro me aguardaba, pues ellos no se habían molestado en ir por allí. Acepté la alternativa; era eso o nada. Mis enemigos tenían tomadas las posiciones elevadas, así que hube de conformarme con las bajas. Sin embargo, pese a los impedimentos del cieno y del terreno irregular, la juventud y la buena forma física me permitieron mantener la distancia y, tomando un curso diagonal, incluso les gané terreno. Eso me dio ánimo y energía; el entrenamiento habitual me permitía sacar fuerzas de flaqueza. Ante mí el terreno se elevaba un poco. Corrí pendiente arriba y me vi en una extensión fangosa, con un dique o terraplén oscuro y lúgubre al fondo. Pensé que si era capaz de llegar sano y salvo allí, donde dispondría de terreno sólido bajo los pies y un sendero que me guiara, podría encontrar con comparativa facilidad una escapatoria a mis problemas. Tras mirar a derecha e izquierda y no ver a nadie cerca, durante unos minutos no despegué la vista de mis pies, para ayudarme a cruzar la ciénaga. Era un trabajo sucio y duro, pero que no albergaba gran peligro, solo requería esfuerzo, y no tardé en alcanzar el dique. Exultante, trepé la pendiente, solo para toparme con otra desagradable sorpresa. A cada lado había siluetas encorvadas. Corrieron hacia mí desde la derecha y la izquierda. Sostenían una cuerda entre todos.

El cerco casi se había cerrado. No podía pasar por ningún lado y se me agotaba el tiempo.

Solo había una opción y la tomé. Crucé el dique a toda velocidad y, eludiendo en el último segundo a mis enemigos, me lancé a la corriente.

En cualquier otra ocasión aquella agua me habría parecido fétida y repugnante, pero entonces la agradecí tanto como el viajero sediento agradece un arroyo de aguas cristalinas. ¡Era una vía de salvación!

Mis perseguidores se abalanzaron tras de mí. Si la cuerda la hubiera llevado solo uno de ellos, habría sido mi fin, porque podría haberme echado el lazo antes de que tuviera yo tiempo de dar una sola brazada, pero al sostenerla entre todos se entorpecían, lo que los retrasó, y para cuando la cuerda golpeó el agua yo ya me había distanciado. Braceé con fuerza durante unos minutos. Refrescado por el chapuzón y animado por haberme librado de ellos, volví a trepar al dique con la moral más alta.

Desde arriba miré hacia atrás. A través de la oscuridad vi a mis acosadores dispersos a lo largo del dique. La persecución no había concluido, y yo debía elegir una nueva ruta para escapar. Más allá del dique se extendía un paraje desolado y pantanoso como el que había cruzado antes. Decidí evitarlo y dediqué unos minutos a pensar hacia qué lado del dique dirigirme. Creí oír algo: el chapoteo apagado de unos remos, agucé los oídos y grité.

No hubo respuesta, pero el sonido cesó. Mis enemigos se habían hecho con un bote. Eché a correr hacia el sentido del dique opuesto a donde ellos estaban. Cuando pasé a la izquierda del punto donde me había lanzado al agua, oí chapoteos, suaves, sigilosos; un ruido como el de una rata al zambullirse en el agua, salvo que más fuerte, y vi el lustre oscuro de la superficie roto por las estelas de varias cabezas que se aproximaban. Varios de mis enemigos se acercaban a nado.

A mi espalda, corriente arriba, el golpeteo y los crujidos de unos remos rompieron el silencio; mis enemigos no estaban dispuestos a abandonar. Saqué fuerzas de flaqueza y aceleré la carrera. Al cabo de un par de minutos miré atrás y un rayo de luz que se coló entre las nubes iluminó varias siluetas que trepaban por el terraplén. Se había levantado viento; la superficie se había rizado y contra el dique rompían olitas. Tenía que mirar bien dónde pisaba si no quería tropezar, sabiendo bien que un traspié suponía una muerte segura. Unos minutos después volví a mirar atrás. En el dique había solo unas pocas personas, pero había muchas cruzando la llanura pantanosa. No sabía qué nuevo peligro me auguraba eso; apenas podía imaginarlo. Retomé la carrera, al tiempo que me percataba de que mi camino trazaba una lenta curva a la derecha. Miré hacia delante y vi que el río era mucho más ancho que antes, y que el dique descendía, y que al otro lado, a cierta distancia, había una nueva corriente de agua, desde cuya orilla más cercana unas cuantas personas corrían hacia mí a través del cenagal. Estaba en una suerte de isla.

Mi situación era ahora desesperada: los enemigos me habían rodeado por completo. Por detrás se aproximaba el golpeteo de los remos, ahora acelerado, como si mis perseguidores presintieran la proximidad del fin. A mi alrededor no había más que desolación; ni un tejado ni una luz hasta donde alcanzaba mi vista. Lejos, a la derecha, se alzaba una masa oscura, pero no sabía de qué se trataba. Me detuve a pensar qué hacer durante un instante, no más, pues los perseguidores se acercaban. Tomé una decisión. Me deslicé terraplén abajo y me metí en el agua. Me zambullí de cabeza para alcanzar lo antes posible el centro de la corriente, dejando atrás el remanso tras la isla, si es que en efecto se trataba de eso. Aguardé hasta que una nube se deslizó sobre la luna, dejándolo todo a oscuras. Me quité el sombrero y lo abandoné en el agua para que la corriente se lo llevara, y al segundo siguiente me zambullí y buceé con todas mis fuerzas. Pasé, calculo, medio minuto bajo el agua, y cuando emergí lo hice tan silenciosamente como pude, y miré hacia atrás. Mi sombrero marrón claro se alejaba despacio. Lo seguía de cerca un bote viejo y bamboleante, impulsado desesperadamente por un par de remos. La luna seguía cubierta en parte por las nubes pero incluso con aquella luz parcial alcancé a ver a un hombre en pie en la proa, sosteniendo, dispuesto a asestar un golpe, lo que me pareció la espantosa hacha de la que yo había escapado antes. El bote se acercó más y más, y el hombre golpeó con rabia. El sombrero desapareció. El hombre cayó hacia delante y a punto estuvo de ir a parar al agua. Sus camaradas lo agarraron, pero había perdido el hacha, y luego, cuando invertí todas mis energías en alcanzar la orilla más alejada, oí una exclamación entre dientes: «*Sacre!*», manifestación del enojo de mis frustrados perseguidores.

Era el primer sonido proveniente de boca humana que oía en aquella cacería aterradora, y pese a toda la amenaza y el peligro que suponía, lo agradecí, dado que rompía el silencio terrible que hasta entonces me había estremecido y espantado. Era una señal manifiesta de que mis oponentes eran personas, no fantasmas, y de que tenía al menos una oportunidad, aunque yo fuera solo uno contra muchos.

Roto el hechizo del silencio, los sonidos empezaron a llegar más claros y en rápida sucesión. Desde el bote hacia la orilla y a la inversa hubo un intercambio de preguntas y respuestas susurradas. Miré atrás, lo que fue un gran error, porque al instante alguien vio mi cara, una mancha blanca entre la oscuridad del agua, y dio un grito de alarma. Varios dedos me señalaron y un instante después el bote, sobrecargado de gente, me seguía apretando la marcha. Yo estaba cerca de mi destino pero el bote se acercaba muy rápido. Unas pocas brazadas más y habría alcanzado la orilla, pero sentía el bote a mi espalda y esperaba recibir, en cualquier momento, el golpe de un remo o de otra arma en la cabeza. Si no hubiera visto aquella hacha aterradora perderse en el agua creo que no habría tenido fuerzas para llegar a la orilla. Oí los juramentos murmurados de los que no remaban y los resoplidos de los remeros. Con un esfuerzo supremo alcancé la orilla y trepé por ella a toda velocidad. No había ni un segundo que perder; justo detrás de mí el bote tocó tierra y varias personas saltaron en mi persecución. Llegué a lo alto del dique y eché a correr hacia la izquierda. El bote se apartó de la orilla y me siguió descendiendo la corriente. Viendo peligro por ese costado, di un quiebro, bajé por el otro lado del dique y, tras superar un trecho cenagoso, llegué a terreno seco y llano, donde apreté la carrera.

No me despegaba de mis incansables perseguidores. A lo lejos volví a ver la masa oscura de antes, pero más próxima y grande. El corazón me dio un brinco de alegría; tenía que ser la fortaleza de Bicêtre. Con nuevas energías, seguí adelante. Había oído que, uniendo las fortalezas que protegían París, había vías estratégicas, caminos hundidos en el terreno por donde los soldados podían marchar a cubierto del enemigo. Si conseguía llegar a una de aquellas vías estaría a salvo, pero en la oscuridad no veía rastro de ninguna, así que seguí adelante confiando ciegamente en dar con una.

Poco después llegué a un desnivel acusado, por cuyo fondo discurría un camino protegido a cada lado por un foso de agua y un alto muro.

En el límite de mis fuerzas y a punto de desplomarme mareado, seguí adelante; el terreno era cada vez más irregular, trastabillé, caí, me levanté y continué corriendo con la ciega desesperación de la presa. Pensar en Alice volvió a proporcionarme ánimos. No cedería y arruinaría su vida; pelearía hasta el final. Con gran esfuerzo alcancé la cumbre del muro. Mientras forcejeaba como un puma para trepar, sentí que alguien me rozaba un pie. Me encontraba ahora en una especie de calzada elevada y ante mi vi una luz tenue. A ciegas y mareado, corrí, me tambaleé y caí, volviendo a levantarme cubierto de polvo y sangre.

—*Halt là!*

Aquellas palabras parecieron proceder del mismísimo cielo. Me rodeó un rayo de luz y grité de júbilo.

—*Qui va là?*

Chasquidos de mosquetes, acero destellante ante mis ojos. Instintivamente, frené en seco, pese a la cercanía de los pasos de mis perseguidores.

Hubo más gritos, y de una puerta manó una marea roja y azul al desplegarse la guardia. A mi alrededor todo eran destellos, luces reflejadas sobre acero, tintineos y chasquidos de armas, y órdenes pronunciadas en voz alta y rasposa. Cuando me desplomé, completamente exhausto, un soldado me sostuvo. Miré atrás, expectante y aterrado, y vi al grupo de sombras dispersarse entre la noche. Luego debí de desmayarme. Cuando recobré el sentido estaba en la sala de la guardia. Me dieron brandi y al cabo de un rato pude explicarles lo que me había sucedido. Apareció un comisario de policía, aparentemente caído del cielo, como suelen presentarse los oficiales de policía en París. Me escuchó con atención y se retiró a consultar con el oficial al mando. Debieron de coincidir en lo que había que hacer, porque me preguntaron si estaba capacitado para acompañarlos.

—¿Adónde? —pregunté.

—A las montañas de basura. Puede que todavía los cojamos.

—Lo intentaré —dije.

El comisario me miró fijamente.

—¿Prefiere usted esperar un poco, quizás hasta mañana, inglesito? —preguntó. Eso hirió mis sentimientos, quizás como era su intención, y me puse en pie de un salto.

—¡Vayamos! —dije—. ¡Ahora mismo! ¡Un inglés siempre está presto a cumplir con su deber!

El comisario era un buen hombre, además de perspicaz; me dio una amable palmada en el hombro.

—*Brave garçon!* —dijo—. Discúlpeme, sabía que eso le ayudaría. La guardia está lista. ¡Adelante!

Atravesamos la sala de la guardia, un pasaje abovedado y salimos al exterior. Algunos de los hombres que marchaban delante llevaban potentes linternas. Cruzamos varios patios siguiendo un camino en pendiente y, cruzando una gran arcada, pasamos a un camino por debajo del nivel del terreno, el mismo que había visto durante mi huida. Se dio la orden de formar en columna de a dos, y los soldados marcharon a paso ligero, a medio camino entre el paseo y la carrera. Sentí retornar mis energías, transformado ahora en cazador en lugar de presa. Al cabo de escasa distancia llegamos a un pontón bajo que cruzaba la corriente, no muy lejos de donde yo la había atravesado a nado. Habían intentado sabotearlo; las cuerdas estaban cortadas y había una cadena rota. Oí que el oficial decía al comisario:

—¡Justo a tiempo! Unos minutos más y habrían destrozado el puente. ¡Adelante, más rápido!

Allá fuimos. Llegamos a otro pontón que cruzaba la corriente agitada por el viento; al acercarnos oímos golpes de metal contra metal, también intentaban destruir aquel puente. Se dio una orden y varios hombres alzaron los rifles.

—¡Fuego!

Hubo una descarga. Se oyó un grito acallado y las siluetas se dispersaron. Pero el mal ya estaba hecho, y vimos el extremo opuesto del pontón derivar arrastrado por la corriente. Esto supuso un importante retraso; transcurrió casi una hora hasta que hubimos cambiado las cuerdas y reparado el puente lo suficiente como para poder cruzarlo.

Retomamos la persecución. Más y más rápido, nos dirigimos a los apilamientos de basura.

Al cabo de un rato llegamos a un lugar que me era conocido. Quedaban los restos del fuego, unos pocos maderos seguían ardiendo sin llama y emitían un resplandor rojizo, pero la mayor parte de las cenizas ya estaba fría. Identifiqué el emplazamiento de la chabola y la colina de basura que había detrás, por la que había trepado a la carrera, y el parpadeante brillo de los ojos de las ratas, con su suerte de fosforescencia. El comisario dijo algo al oficial, que gritó:

—¡Alto!

Los soldados recibieron orden de desplegarse y vigilar, y nosotros examinamos las ruinas. El comisario en persona levantó tablas y restos carbonizados, que los soldados tomaban y apilaban. Poco después retrocedió, sorprendido por algo, se inclinó y me hizo señas para que me acercara.

—¡Mire!

Era una estampa desagradable. Un esqueleto yacía bocabajo, una mujer por sus dimensiones, y de avanzada edad, a juzgar por la basta textura de los huesos. Entre las costillas asomaba una larga daga, confeccionada a partir de un hierro para afilar, con la afilada punta clavada en la espina dorsal.

—Como pueden ustedes comprobar —nos dijo el comisario al oficial y a mí mientras sacaba su cuaderno de notas— la mujer debe de haber caído sobre su propia arma. Aquí hay muchas ratas, miren cómo relucen sus ojos entre los montones de desperdicios, y pueden ustedes comprobar asimismo —sufrí un escalofrío cuando lo vi posar una mano desnuda sobre el esqueleto— que hace poco que se han ido. Los huesos apenas han comenzado a enfriarse.

No había rastro de nadie más en las cercanías, ni vivo ni muerto, así que, formando en columna una vez más, los soldados siguieron adelante. Poco después llegamos al viejo armario convertido en morada. Nos acercamos. En cinco de los seis compartimentos dormía un anciano, tan profundamente que ni siquiera la luz de las linternas los despertó. Su aspecto era ajado, lúgubre, gris, con los rostros chupados, arrugados y tiznados y sus grandes mostachos canos.

El oficial exclamó una áspera orden y un instante después los cinco estaban levantados y en posición de firmes.

—¿Qué hacen ustedes aquí?

—Dormir.

—¿Dónde están los otros *chiffoniers*? —preguntó el comisario.

—Se han ido a trabajar,

—¿Y ustedes?

—Nosotros estamos de guardia.

—*Peste!* —soltó el oficial, riéndose con dureza, mientras miraba a los ancianos a la cara uno por uno, y añadió con crueldad deliberada—: ¡Durmiendo cuando se encuentran de servicio! ¿Es ese el estilo de la Vieja Guardia? ¡En ese caso no me extraña lo que pasó en Waterloo!

A la luz de las linternas vi empalidecer las caras viejas y tiznadas, y a punto estuvo de hacerme retroceder la mirada de los viejos ante las risas con que los soldados corearon el cruel chiste del oficial.

Me sentí vengado en parte.

Por un instante pareció que iban a lanzarse sobre el bromista, pero años de instrucción los habían enseñado bien y permanecieron inmóviles.

—Ustedes son solo cinco —dijo el comisario—, ¿dónde está el sexto?

La respuesta llegó junto con lúgubres risitas.

—¡Ahí! —El que había hablado señaló al fondo del armario—. Murió anoche. No queda mucho de él. ¡El entierro de las ratas es muy rápido!

El comisario se agachó sobre los restos. Se volvió a continuación hacia el oficial y dijo con calma:

—Podemos irnos. Aquí no queda ninguna pista, nada que pruebe que este era el hombre al que hirieron las balas de sus soldados. Seguramente ellos lo mataron para ocultar el rastro. Fíjese. —Se agachó de nuevo y apoyó las manos sobre el esqueleto—. Las ratas actúan rápido y las hay a montones. ¡Estos huesos aún están calientes!

Sufrí un escalofrío, como muchos de los que estábamos allí.

—¡A formar! —dijo el oficial, y marchando en columna, con las linternas columpiándose al frente y los veteranos esposados en el centro del grupo, salimos a paso ligero del basural y regresamos a la fortaleza de Bicêtre.

Hace mucho que concluyó mi año de prueba y Alice es mi esposa. Pero cuando rememoro aquellos doce meses, uno de los episodios que recuerdo con más nitidez es el de mi visita a la Ciudad de la Basura.

La squaw

P or aquel entonces Núremberg no era una ciudad tan turística como lo es hoy. Irving todavía no había interpretado *Fausto* y a la mayoría de los turistas ni siquiera le sonaba el nombre de la ciudad. Estando mi mujer y yo en la segunda semana de nuestra luna de miel, era natural que quisiéramos que alguien más se uniera a nuestro viaje, así que cuando un divertido extranjero, Elias P. Hutcheson, natural de Isthmian City, Bleeding Gulch, en el condado de Maple Tree (Nebraska), apareció en la estación de Fráncfort y comentó casualmente que planeaba visitar la ciudad más castigada y antigua de Europa, y que le parecía que tanto viajar solo podía hacer que hasta la persona más inteligente y en sus cabales acabara en el pabellón para melancólicos de un manicomio, captamos la insinuación y le propusimos unir nuestras fuerzas. Descubrimos mi mujer y yo, al contrastar más tarde nuestros recuerdos, que ambos habíamos pretendido hablar con reticencia o duda para no parecer ansiosos, pues en caso de dar esta impresión no estaríamos haciendo ningún cumplido a nuestro matrimonio; pero arruinamos nuestro propósito cuando nos lanzamos a hablar atropelladamente y a la vez, nos callamos y volvimos a empezar al mismo tiempo. En cualquier caso, no tuvo importancia, lo conseguimos: Elias P. Hutcheson se sumó a nuestro viaje. Amelia y yo disfrutamos de un beneficio inmediato; en lugar de discutir, como habíamos venido haciendo, descubrimos que la presencia de un tercer miembro en el grupo ejercía tal efecto moderador que aprovechamos la menor oportunidad para besuquearnos en los rincones. Amelia afirma que, a resultas de aquella experiencia, desde entonces recomienda a todas sus amigas llevarse un amigo a la luna de miel. En fin, «hicimos» Núremberg los tres juntos y disfrutamos mucho con los comentarios picantes de nuestro amigo del otro lado del Atlántico, quien, con su pintoresca manera de hablar y su asombroso historial de aventuras, parecía salido de una novela. Entre todos los puntos de interés de la ciudad, dejamos para el final el Burgo, y el día elegido para la visita paseamos por el lado oriental de la muralla exterior del casco antiguo.

El Burgo se halla emplazado sobre una gran masa rocosa, dominando la ciudad, y un foso de gran profundidad lo guarda por el flanco norte. Núremberg se congratula de no haber sido nunca saqueada; de haberlo sido no tendría un aspecto tan impecable como el que conserva hoy en día. Hacía siglos que el foso no se utilizaba, y su base estaba tomada por cafés al aire libre y huertos, en algunos de los cuales crecían árboles de tamaño considerable. Mientras deambulábamos alrededor de la muralla, coqueteando bajo el cálido sol de julio, nos deteníamos a menudo para admirar las vistas que se extendían ante nosotros, y en especial la gran llanura cubierta de pueblos y aldeas y bordeada por una línea azul de colinas, como un paisaje de Claude Lorraine. A continuación volvíamos los ojos con agrado a la ciudad, con su miríada de pintorescos y antiguos gabletes y las hileras e hileras de amplios tejados rojos salpicados de buhardillas. Un poco a nuestra derecha se alzaban las torres del Burgo, y más cerca, la lúgubre Torre de Torturas, la cual era, y puede que siga siéndolo, el punto de mayor interés de la ciudad. Durante siglos, el uso de la Virgen de Hierro de Núremberg ha sido ejemplo de la horrorosa crueldad de la que es capaz el hombre; llevábamos mucho tiempo anhelando verla, y por fin teníamos delante su morada.

En una de nuestras paradas nos inclinamos sobre el murete del foso para mirar abajo. El jardín se hallaba a unos buenos cincuenta o sesenta pies de nosotros, y el sol caía sobre él caldeándolo con un calor tan intenso y estático como el de un horno. Junto a él se elevaba la muralla gris y sombría hasta una altura en apariencia infinita, y a derecha e izquierda se plegaba en los ángulos del bastión y la contraescarpa. Árboles y arbustos coronaban la muralla, y más allá asomaban unas tras otras las nobles casas a las que el tiempo había bendecido con su aprobación. El sol calentaba mucho y estábamos perezosos; éramos dueños de nuestro tiempo y nos demorábamos cuanto queríamos, apoyados en el murete. Justo debajo de nosotros se desarrollaba una bonita escena: una gran gata negra se encontraba tendida al sol, mientras a su alrededor retozaba graciosamente un gatito negro. La madre movía la cola para que su cría jugara con ella, o alzaba las patas y apartaba al pequeño para azuzarlo a nuevos juegos. Estaban al pie mismo de la muralla, y Elias P. Hutcheson, para animar el juego, se agachó y cogió del camino un guijarro de buen tamaño.

—¡Miren! —dijo—. Lo dejaré caer junto al gatito y los dos se preguntarán de dónde ha venido.

—Tenga cuidado —dijo mi mujer—. Podría dar a la cría.

—Eso nunca, señora —dijo Elias P.—. Soy tan pacífico como un cerezo de Maine. Bendito sea el Señor. Antes le cortaría la cabellera a un bebé que hacerle daño a esa pobre criatura. ¡Puede usted apostar sus medias de colores! Mire, la dejaré caer bien lejos de ellos.

Se asomó sobre el murete y, con el brazo extendido, dejó caer la piedra. Puede que fuera porque existe una fuerza irresistible que transforma las cuestiones sin importancia en graves, o, más probablemente, porque el muro no era del todo vertical sino que se inclinaba en la base —sin que nosotros pudiéramos apreciarlo desde arriba—, pero, con un desagradable ruido blando que llegó hasta nosotros a través del aire caliente, la piedra cayó directamente sobre la cabeza del gatito, salpicando sus sesos por doquier. La gata negra lanzó una rápida mirada hacia arriba y vimos sus ojos, en los que ardía un fuego verde, fijarse un instante en Elias P. Hutcheson; seguidamente devolvió la atención a su cría, que yacía inmóvil salvo por un temblor en sus patitas, mientras que un hilo de sangre serpenteaba desde la cabeza abierta. Con un grito sofocado, como el que podría emitir un ser humano, la gata se inclinó sobre su cachorro y le lamió las heridas sin dejar de gemir.

Pareció advertir de pronto que estaba muerto, y una vez más alzó la vista hacia nosotros. Nunca lo olvidaré, pues aquel animal parecía la mismísima encarnación del odio. Los verdes ojos le refulgían, y los dientes, blancos y afilados, parecían brillar entre la sangre que le manchaba la piel y los bigotes. Nos mostró los dientes y las uñas asomaron en toda su extensión en cada pata. A continuación se lanzó muro arriba en un intento desesperado por alcanzarnos, pero cuando se agotó su impulso cayó, lo que aún empeoró su ya horrible apariencia, pues fue a caer justo encima de la cría muerta, de donde se levantó con pegotes de sangre y sesos en la piel. Amelia a punto estuvo de desmayarse y yo hube de apartarla del muro. Había un banco cerca, a la sombra de un plátano, y la acomodé allí mientras se recomponía. Volví junto a Hutcheson, que permanecía inmóvil, mirando a la gata furiosa. Cuando estuve a su lado, él dijo:

—Vaya, creo que es la bestia más salvaje que he visto nunca, salvo aquella vez en que una *squaw* apache se empecinó en dar con un mestizo al que apodaban Astillas, después de que este le robara a su *papoose* durante una incursión a su poblado, como venganza por la muerte de su madre, a la que los indios habían torturado en la hoguera. Se le quedó fijada una mirada penetrante, como si siempre hubiera estado allí. Siguió el rastro a Astillas durante más de tres años, hasta que los guerreros lo cogieron y se lo entregaron. Luego dijeron que nadie, ni blanco ni *injun*, había padecido una tortura más larga a manos de los apaches. La única vez que la vi sonreír fue cuando la liquidé. Llegué al campamento justo a tiempo de ver a Astillas pasar a mejor vida, cosa que no lamentó. Era un tipo duro, y aunque yo no quise volver a tratar con él después de lo del *papoose,* porque aquello fue cosa fea, y porque se tendría que haber comportado como el hombre blanco que parecía ser, lo pagó con creces. Piense usted lo que quiera, pero cogí un trozo de la piel que le habían arrancado e hice fabricar con ella una cartera. ¡Aquí la llevo! —dijo dando una palmada al bolsillo del pecho de su chaqueta.

Mientras él hablaba, la gata insistía en sus frenéticos esfuerzos por trepar el muro. Retrocedía para cobrar carrerilla y se lanzaba hacia arriba, alcanzando a veces una altura increíble. No parecía importarle la dura caída que sufría cada vez sino que volvía a intentarlo con vigor renovado; y con cada golpe su aspecto se hacía más horrible. Hutcheson era un hombre de buen corazón —mi mujer y yo habíamos sido testigos de pequeñas muestras de bondad por su parte dirigidas tanto a animales como a personas— y parecía preocupado por la furia que embargaba a la gata.

—No cabe duda de que esa pobre bestia está desesperada —dijo—. Lo siento, lo siento, pobre animal, fue un accidente, aunque eso no te devolverá a tu cría. Lo juro. No lo habría hecho a propósito ni por un millar de dólares. Esto solo demuestra lo torpe y necio que puede llegar a ser alguien cuando no pretende más que divertirse. Parece que soy tan inútil que no puedo ni jugar con un gato. Dígame, coronel —era divertida su forma de conferir títulos gratuitamente—, espero que su esposa no me guarde rencor por este desagradable accidente. De ningún modo era mi intención que ocurriera.

Fue junto a Amelia y se deshizo en disculpas, y ella, con su amabilidad de costumbre, se apresuró a asegurarle que comprendía que había sido un accidente. Después todos volvimos junto al muro y miramos hacia abajo.

Habiendo perdido de vista a Hutcheson, la gata había retrocedido por el foso y estaba sentada sobre las ancas, si bien dispuesta a saltar. De hecho, brincó en cuanto lo vio, con una furia ciega e irracional que habría resultado grotesca de no ser tan real. No intentó trepar el muro sino que sencillamente se lanzó hacia arriba, donde estaba él, como si el enfado y la rabia pudieran prestarle alas que le permitieran salvar la distancia que los separaba. Amelia, de un modo muy femenino, se preocupó y dijo a Elias P. en tono admonitorio:

—Debe usted tener mucho cuidado. Si ese animal estuviera aquí trataría de matarlo. Tiene una mirada asesina.

Él se rio jovialmente.

—Disculpe, señora, pero no puedo evitar reírme. Alguien que ha luchado contra osos pardos e *injuns* no puede temer que lo mate un gato.

Cuando el felino lo oyó reír, su actitud cambió. Ya no intentó trepar el muro, sino que se quedó inmóvil; luego volvió a sentarse junto a la cría muerta y se puso a lamerla y acariciarla como si siguiera viva.

—¡Fijaos! —dije—. Ese es el efecto de un hombre fuerte. Incluso un animal presa de la rabia reconoce la voz de su señor y se inclina ante él.

—¡Como la *squaw*! —fue el único comentario de Elias P. Hutcheson cuando retomamos nuestro camino a lo largo del foso.

De cuando en cuando echábamos un vistazo sobre el muro y siempre nos encontrábamos con que la gata nos venía siguiendo. Al principio se alejaba de la cría muerta y luego volvía junto a ella, pero cuando nos alejamos más, la tomó en la boca para seguirnos. Al cabo de un rato, no obstante, vimos que nos seguía ella sola; había escondido el cuerpo en alguna parte. La persistencia de la gata hizo crecer la inquietud de Amelia, que varias veces repitió su advertencia, pero el estadounidense siempre respondía riéndose divertido, hasta que al final, viendo que ella estaba de veras preocupada, dijo:

—Le aseguro, señora, que no debe tener miedo de ese gato. Voy bien preparado. —Dio unas palmaditas a la pequeña pistola que llevaba oculta en la parte trasera de la cintura—. Si de veras está usted preocupada, le pego un tiro al animal, sin pensarlo, a riesgo de que la policía me ponga problemas por llevar un arma en contra de las normas. —Mientras hablaba, se inclinó sobre el muro, pero en cuanto lo vio la gata, esta retrocedió y se escondió en un cantero de flores altas—. Diría yo que ese bicho tiene más sentido común que la mayoría de cristianos. Me parece que no volveremos a verla. Seguro que volverá junto al gatito muerto y celebrará un funeral privado.

Amelia prefirió no decir más, no fuera que él, en una mal entendida muestra de generosidad, cumpliera su amenaza de disparar al gato. Seguimos adelante y atravesamos un pequeño puente de madera, del que partía un camino adoquinado y de acusada pendiente que unía el Burgo y la pentagonal Torre de Torturas. Mientras cruzábamos el puente volvimos a ver a la gata abajo. Cuando nos vio, su furia retornó, e hizo esfuerzos frenéticos por salvar la empinada pared. Hutcheson se rio y dijo:

—Adiós, chica. Siento haber herido tus sentimientos, pero lo superarás con el tiempo. Adiós.

Atravesamos a continuación un largo y oscuro pasaje abovedado y llegamos a la entrada del Burgo.

Cuando volvimos a salir tras nuestra visita a aquel bello y antiguo emplazamiento, que ni siquiera los bienintencionados esfuerzos de los restauradores góticos de hacía cuarenta años habían conseguido arruinar

hubiera dotado en la parte delantera de un rudimentario rostro femenino. El exterior del artefacto estaba cubierto de óxido, y este a su vez de polvo; había una cuerda atada a una anilla en la parte frontal, situada aproximadamente donde debería estar la cintura, y la cuerda pasaba por una polea fijada al pilar de madera que sustentaba la solería superior. Al tirar de la cuerda, el guardés alzó el frontal y vimos que el artilugio se componía de dos piezas, unidas mediante bisagras laterales a semejanza de una puerta; vimos asimismo que era de un grosor considerable, disponiendo en su interior de apenas el espacio justo para alojar a una persona. La puerta tenía el mismo grosor y pesaba mucho, pues, pese a la ayuda de la polea, el guardés necesitó de todas sus fuerzas para levantarla. Una razón para que pesara tanto era que la puerta estaba diseñada para que no llegara a abrirse del todo, y así pudiera cerrarse por su propio peso en cuanto se soltara la cuerda. El interior estaba corroído por la herrumbre; pero no, no podía ser. La herrumbre fruto del tiempo no podría haber devorado en semejante medida, tan profundamente, las paredes de hierro. Solo cuando nos acercamos a examinar el lado interior de la puerta nos quedó manifiesta su intención. Había allí varias púas, robustas y de sección cuadrada, anchas en la base y afiladas en la punta, ubicadas de modo que, cuando la puerta se cerrase, las superiores perforaran los ojos de la víctima, y las inferiores el corazón y otros órganos vitales. La imagen fue excesiva para la pobre Amelia, y esta vez sí cayó desmayada, y hube de llevarla escaleras abajo y acomodarla en un banco de fuera para que se recuperara. La profundidad de la impresión sufrida quedó más adelante de manifiesto por el hecho de que, a día de hoy, mi hijo mayor sigue teniendo una fea mancha de nacimiento en el pecho, con la forma, como toda la familia coincide, de la Virgen de Núremberg.

Cuando regresamos por fin a la sala encontramos a Hutcheson inmóvil frente a la Virgen de Hierro; saltaba a la vista que había estado filosofando, y compartió con nosotros sus conclusiones en forma de un breve exordio.

—Bueno, pues me parece que algo he aprendido aquí mientras la señora se recuperaba de su vahído. Creo que estamos muy atrasados a nuestro lado del charco. Pensábamos en las llanuras que los *injuns* podían enseñarnos alguna que otra cosa a la hora de hacérselo pasar mal a la gente, pero me temo que sus agentes de la ley y el orden medievales los derrotarían incluso con una mano atada a la espalda. Astillas se lo hizo pasar mal a la *squaw,* pero esta señorita que tenemos aquí le saca mucha ventaja a la hora de hacer sufrir al personal. Esas puntas siguen afiladas, aunque los extremos están carcomidos por lo que sea que las ensucie. Nuestra sección india haría bien en conseguir algunos juguetitos como este y repartirlos por las reservas para hacer entrar en vereda a los guerreros, y también a las *squaws,* y enseñarles que la civilización del viejo continente les lleva ventaja hasta en la que es su especialidad. Me parece que voy a meterme en esta caja para ver qué se siente.

—¡No, no! —dijo Amelia—. ¡Es espantosa!

—Señora, no hay nada demasiado espantoso para un espíritu explorador. En mis tiempos estuve en algunos sitios de lo más raro. En el territorio de Montana pasé una noche entera dentro de un caballo muerto mientras la pradera ardía a mi alrededor, y dormí dentro del cadáver de un búfalo una vez que los comanches estaban en el sendero de guerra y no me apetecía cruzarme con ellos. Pasé dos días en un túnel de la mina de oro Bronco Billy en Nuevo México, y fui uno de los cuatro que quedaron encerrados las tres cuartas partes de un día en una cápsula sumergible que escoró mientras plantábamos los cimientos del puente Búfalo. No he dado la espalda a ninguna vivencia extraña, ¡y no pienso empezar ahora!

Comprendimos que estaba decidido a realizar el experimento.

—Bueno, dese prisa, amigo —dije—, y acabemos pronto con esto.

—Muy bien, general —dijo él—, pero creo que no estamos listos todavía. Los caballeros que me precedieron, los que estuvieron dentro de esa lata, no se ofrecieron voluntarios, ¡ni mucho menos! Así que imagino que habría algún ritual de inmovilización antes del gran final. Quiero hacer las cosas bien, así que antes me tienen que atar. Estoy seguro de que este buen amigo tiene alguna cuerda por ahí con la que me podrá inmovilizar como se tenía por costumbre.

Estas últimas palabras fueron dirigidas en tono de interrogación al viejo guardés, pero este, que comprendió *grosso modo* el discurso de nuestro compañero, aunque seguramente sin captar todas las particularidades dialectales y metafóricas, dijo que no con la cabeza. Su negativa, no obstante, fue solo de carácter formal, y efectuada para ser vencida. El estadounidense le plantó una moneda de oro en la mano diciendo:

—¡Aquí tienes, muchacho! Te llevas un buen pellizco, así que no te andes con remilgos. ¡No te pido nada demasiado estiloso!

El guardés encontró una cuerda delgada y deshilachada y procedió a maniatar a nuestro acompañante con toda la rigurosidad que exigía el fin. Una vez que tuvo las manos inmovilizadas, Hutcheson dijo:

—Espere usted un momento, juez. Me temo que peso demasiado para que cargue conmigo y me meta en esa lata. Deje que yo me meta dentro y luego termine usted de atarme las piernas.

Mientras hablaba se introdujo de espaldas en la cavidad, que era apenas lo bastante amplia como para acogerlo. Entró muy justo; el artefacto estaba bien diseñado. Amelia lo miraba asustada pero se contenía de decir nada. El guardés concluyó la labor atando los pies del estadounidense, de manera que este quedó completamente indefenso y encajado en su prisión voluntaria. Nuestro acompañante estaba disfrutando de veras, y su siempre incipiente sonrisa se ensanchó al decir:

—Me parece a mí que a esta Eva la crearon a partir de la costilla de un enano. Apenas hay sitio dentro para un ciudadano de Estados Unidos adulto. Los ataúdes que hacemos en el territorio de Idaho son más espaciosos. Y ahora, juez, empiece a cerrar la puerta despacio. Quiero sentir el mismo placer que los condenados cuando esas púas se les acercaban a los ojos.

—¡No, no, no! —estalló Amelia, histérica—. ¡Es demasiado horrible! ¡No puedo verlo! ¡No puedo!

Pero el estadounidense era terco.

—Coronel —me dijo—, ¿por qué no lleva a la señora a dar un paseíto? No quisiera yo herir sus sentimientos por nada del mundo, pero ya que he llegado aquí, al cabo de ocho mil millas, no me gustaría tener que renunciar a la experiencia por la que tanto he esperado y por la que acabo de pagar. Un hombre no tiene muchas oportunidades para sentirse como una sardina enlatada. El juez y yo acabaremos enseguida y luego ustedes podrán volver y todos nos reiremos.

Una vez más, triunfó el convencimiento nacido de la curiosidad, y Amelia me aferró el brazo, temblorosa, mientras el guardés empezaba a largar lentamente, pulgada a pulgada, la cuerda que sostenía la puerta de hierro. Hutcheson estaba entusiasmado, no despegaba los ojos de las púas que se acercaban a él.

—¡Vaya! —dijo—. Me parece que no me lo había pasado tan bien desde que salí de Nueva York. Menos por una pelea con un marinero francés en Wapping, y aquello no fue precisamente gran cosa, no he tenido ni un buen momento en este podrido continente, donde no hay osos ni indios y los hombres no van armados. ¡Más despacio, juez! ¡No te des prisa! ¡Quiero un buen espectáculo a cambio de mi dinero!

Por las venas del guardés debía de correr la misma sangre que por las de quienes lo precedieron en aquella torre escalofriante, porque manejaba el artefacto con una parsimonia tan premeditada e insoportable que al cabo de cinco minutos la puerta apenas se había cerrado unas pulgadas; aquella lentitud afectó a Amelia. Vi cómo los labios se le ponían blancos y sentí que cargaba el peso de su cuerpo sobre mi brazo. Eché un rápido vistazo alrededor en busca de un sitio donde pudiera sentarse, y cuando volví a mirarla me encontré con que tenía la vista clavada en un lateral de la Virgen. Siguiendo la dirección de su mirada descubrí a la gata agazapada en la media luz. Los ojos verdes brillaban como linternas en la penumbra del lugar, y su color se veía realzado por la sangre que aún le manchaba la piel y la boca.

—¡La gata! ¡Cuidado con la gata! —exclamé cuando el felino se plantó de un salto frente al artilugio.

Parecía un demonio triunfante. Los ojos le resplandecían de furia, el pelaje erizado la hacía parecer del doble de su tamaño y oscilaba la cola igual que el tigre frente a su presa. A Elias P. Hutcheson le hizo gracia verla, y dijo alegremente:

—¡Maldita sea! ¡Pero si la *squaw* se ha puesto sus pinturas de guerra! Libraos de ella si intenta algún truco, porque aquí el jefe me ha atado tan

bien que si el animal trata de sacarme los ojos yo no podré hacer nada. ¡Tranquilo, juez! ¡No sueltes la cuerda o estoy vendido!

Amelia terminó por desmayarse y yo hube de sostenerla por la cintura para que no se desplomara en el suelo. Mientras me ocupaba de ella vi que la gata se disponía a saltar y me abalancé a espantarla.

Pero, con un aullido diabólico, se lanzó, no como esperábamos sobre Hutcheson, sino directa a la cara del guardés. Las uñas le asomaban, tan amenazadoras como las de los dragones rampantes de los dibujos chinos, y pude ver cómo una se hundía en uno de los ojos del pobre hombre y lo desgarraba, y continuaba cortando mejilla abajo, abriendo un ancho surco rojo del que manó la sangre como si allí convergieran todas las venas del cuerpo.

Con un grito de pánico previo incluso a la aparición del dolor, el hombre retrocedió de un salto, soltando la cuerda que sujetaba la puerta de hierro. Me lancé a por ella, pero demasiado tarde; la cuerda corrió como un rayo por la garganta de la polea, y la pesada puerta cayó por su propio peso.

Antes de que se cerrara tuve un último atisbo de nuestro pobre acompañante. Parecía petrificado de terror. Tenía la mirada fija, presa de una angustia horrible, y ningún sonido salía de su boca.

Y las púas cumplieron su cometido. Al menos su final fue rápido; cuando tiré de la puerta para abrirla vi que se habían quedado trabadas en el cráneo después de atravesarlo, y al levantarse alzaron con ellas el cuerpo, extrayéndolo de la prisión de hierro, tras lo que cayó al suelo cuan largo era con un desagradable sonido blando y el rostro hacia arriba.

Corrí junto a mi mujer, la levanté y la saqué de allí, temiendo por su cordura en caso de que despertara y se encontrara con semejante escena. La tendí en un banco del exterior y corrí de regreso adentro. Apoyado contra la columna de madera, el guardés gemía de dolor y sostenía un pañuelo ensangrentado contra los ojos. Y sentada sobre la cabeza del pobre estadounidense se hallaba la gata, ronroneando mientras lamía la sangre que brotaba de las laceradas cuencas de los ojos.

Supongo que nadie me acusará de crueldad por haber empuñado uno de los viejos mandobles y cortado al animal en dos.

La profecía gitana

—Creo de veras —dijo el médico— que, en cualquier caso, uno de nosotros debería ir a comprobar si se trata de un engaño.

—Muy bien —dijo Considine—. Después de cenar nos fumaremos un cigarro mientras vamos dando un paseo al campamento.

Según el plan, al cabo de la cena, y cuando terminaron el *La Tour,* Joshua Considine y su amigo, el doctor Burleigh, se encaminaron hacia el este del páramo, donde se ubicaba el campamento gitano. Al principio del paseo, Mary Considine, que los había acompañado hasta donde terminaba el jardín y arrancaba el camino, llamó la atención de su esposo para decirle:

—Recuerda, Joshua, les vas a conceder una oportunidad, pero no les des pistas que los ayuden a predecir tu futuro, y nada de flirtear con las chicas gitanas, y asegúrate de que Gerard no se meta en líos.

A modo de respuesta Considine alzó una mano, como si estuviera parando un carruaje, y silbó la melodía de la vieja canción «The Gipsy Countess». Gerald se sumó a la interpretación y, riendo alegremente, los dos hombres abandonaron el camino y se adentraron en las tierras comunales, volviéndose de cuando en cuando para saludar con la mano a Mary, que, inclinada sobre la portilla, a la luz del crepúsculo, observaba cómo se alejaban.

Era un encantador atardecer de verano, la atmósfera estaba henchida de paz y serena felicidad, como si la tranquilidad y el júbilo que hacían del hogar de la joven pareja un lugar divino se hubieran proyectado puertas afuera. Considine no había tenido una vida azarosa. El único episodio perturbador había sido su galanteo a Mary Winston, y la negativa recia y persistente de sus ambiciosos padres, que querían un buen partido para su única hija. Cuando el señor y la señora Winston descubrieron el afecto que el joven abogado profesaba a su hija, trataron de separar a la pareja enviando a Mary a un largo periplo de visitas, no sin antes obligarla a prometer que no mantendría correspondencia con su amado durante la ausencia. El amor, no obstante, superó la prueba. Ni la ausencia ni la falta de comunicación hicieron mella en la pasión del joven, y su naturaleza optimista parecía desconocer los celos; así que, tras una larga espera, los padres cedieron y la pareja contrajo matrimonio.

Llevaban unos meses viviendo en la casita de campo, que empezaban a sentir como su hogar. Gerald Burleigh, viejo amigo de Joshua de los tiempos de la universidad, y también él una víctima de los encantos de Mary, había llegado hacía una semana, dispuesto a quedarse con ellos tanto tiempo como se lo permitiera su trabajo de Londres.

Cuando su marido se perdió de vista, Mary volvió a la casa, se sentó al piano y dedicó una hora a Mendelssohn.

El campamento gitano estaba a un corto paseo de distancia, y los dos hombres llegaron antes de terminar sus cigarros. Era tan pintoresco como suelen serlo los campamentos gitanos, siempre que están en el campo y el negocio marcha bien. Había unas pocas personas alrededor de una hoguera, invirtiendo su dinero en profecías, y un número mucho mayor, gente más pobre o más reacia, más allá del límite del campamento pero lo bastante cerca como para ver lo que sucedía.

Al aproximarse los dos caballeros, los vecinos, que conocían a Joshua, les abrieron camino, y una bonita gitana de intensa mirada les salió al paso y se ofreció a leerles su destino. Joshua tendió la mano, pero la chica, como si ni siquiera se hubiera dado cuenta, lo miró a los ojos de modo muy extraño. Gerald dio un codazo a su amigo.

—Debes obsequiarla con plata —dijo—. Es una de las partes más importantes del ritual.

Joshua sacó media corona del bolsillo y se la tendió a la chica, que ni siquiera se dignó mirarla, sino que dijo:

—Debes obsequiar a la gitana con oro.

—Eres una presa de primera —dijo Gerald riéndose.

Joshua era de la clase de hombres —la más extendida a nivel universal— que disfrutan siendo contemplados por una chica bonita, así que con moderada prudencia respondió:

—Muy bien, aquí tienes, preciosa, pero a cambio debes conseguirme un destino propicio —dijo tendiéndole medio soberano, que ella tomó.

—No depende de mí —dijo la chica— que el destino sea bueno o malo. Yo solo leo lo que dicen las estrellas.

La gitana le tomó la mano y volvió la palma hacia arriba; pero en cuanto posó la vista en ella la soltó tan rápido como si estuviera al rojo vivo, y con una mirada de susto se escabulló a toda prisa. Apartó la cortina que cerraba una gran tienda en el centro del campamento y desapareció en su interior.

—¡Te ha timado! —dijo el cínico de Gerald, mientras Joshua permanecía perplejo y en absoluto satisfecho.

Los dos contemplaban la gran tienda. Unos instantes después salió de ella no la chica, sino una mujer de mediana edad de imponente apariencia y aires autoritarios.

En cuanto apareció, todo el campamento quedó paralizado. El clamor de conversaciones en diferentes lenguas, de risas y el ruido de las diferentes labores que allí se desempeñaban se interrumpieron por unos segundos, y todo hombre o mujer que estuviera sentado, acuclillado o tumbado se puso en pie y se volvió hacia la gitana de porte imperial.

—La reina, claro está —murmuró Gerald—. Es nuestra noche de suerte.

La reina gitana escrutó el campamento y, sin dudarlo un instante, se acercó directa a Joshua y se plantó ante él.

—Muéstrame la mano —dijo de manera imperiosa.

—No me habían hablado así desde que estaba en el colegio —dijo Gerald, de nuevo *sotto voce*.

—Debe haber una ofrenda de oro.

—Parece que esta vez va en serio —susurró Gerard, mientras Joshua depositaba otro medio soberano en la palma de la mano.

La gitana contempló la mano frunciendo el ceño y a continuación, mirándolo a la cara, dijo:

—Tienes una gran fuerza de voluntad. ¿Tienes también un buen corazón, capaz de demostrar valor por alguien a quien amas?

—Confío en ello, pero me temo que no soy tan vanidoso como para decir que sí.

—En ese caso yo responderé por ti, pues veo determinación en tu rostro, una determinación capaz de llegar al extremo, cueste lo que cueste y pese a quien pese, si así ha de ser. ¿Tienes una esposa a la que amas?

—Sí —dijo él enfáticamente.

—Entonces déjala, ahora mismo. Nunca vuelvas a verla. Aléjate de ella ahora que tu amor es joven y tu corazón se haya limpio de intenciones perversas. Vete rápido, vete lejos, ¡y nunca vuelvas a verla!

Joshua arrancó su mano de la de la gitana y dijo: «¡Gracias!», con frialdad y sarcasmo, empezando a alejarse.

—Calma —dijo Gerald—. No hay necesidad de comportarse así, amigo mío. De nada sirve indignarse con las estrellas y sus profecías, y además, ¿qué hay de tu soberano? Al menos escucha todo lo que ella tenga que decir.

—¡Silencio, irreverente! —ordenó la reina—. No sabes lo que haces. Déjalo ir y permanecer en la ignorancia, si prefiere no ser advertido.

Joshua se volvió de inmediato.

—Bien, lleguemos hasta el final —dijo—. Señora, me ha dado usted un consejo, pero yo he pagado para saber mi destino.

—¡Te lo advierto! —dijo la gitana—. Las estrellas han guardado silencio mucho tiempo; deja que el misterio siga siéndolo.

—Señora mía, no me topo con un misterio todos los días, y prefiero conocimientos a cambio de mi dinero antes que ignorancia, de la que puedo conseguir cuanta quiera, siempre que lo desee y a cambio de nada.

—Yo mismo dispongo de una gran reserva que no hay forma de vender —dijo Gerald haciéndose eco.

La reina gitana los miró con dureza.

—Como queráis. Habéis hecho vuestra elección, y habéis respondido a la advertencia con desdén y a la súplica con frivolidad. ¡Que sobre vuestras cabezas caiga la condena!

—¡Amén! —dijo Gerald.

Con gesto imperioso, la reina volvió a tomar la mano de Joshua y le leyó su destino.

—Veo sangre correr. Sucederá pronto. Corre ante mis ojos. Fluye a través del círculo roto de un anillo cortado.

—¡Continúe! —dijo Joshua sonriendo. Gerald guardaba silencio.

—¿Puedo hablar con claridad?

—Claro que sí. A los comunes mortales nos gustan las cosas inequívocas. Las estrellas están muy lejos y sus palabras se pierden un poco en el trayecto.

La gitana se estremeció, tras lo que habló sin rodeos.

—Es esta la mano de un asesino. ¡El asesino de su esposa!

Soltó la mano y se apartó. Joshua rompió a reír.

—¿Sabe una cosa? —dijo—. Creo que si yo fuera usted introduciría un poco de jurisprudencia en mis profecías. Por ejemplo, dice que «esta mano es la de un asesino». Bien, sea lo que llegue a ser en el futuro, potencialmente, a día de hoy no lo es. Debería usted expresar su profecía en términos tales como «la mano que pertenecerá a un asesino» o «la mano de quien será el asesino de su esposa». A las estrellas no se les dan nada bien las cuestiones técnicas.

La gitana no replicó sino que, con la cabeza gacha y aire abatido, volvió despacio a su tienda, alzó la cortina y desapareció dentro.

Sin decir nada, los dos hombres emprendieron el camino de regreso a través del páramo. Finalmente, al cabo de ciertas vacilaciones, Gerald tomó la palabra.

—Está claro, amigo mío, que ha sido una broma, escalofriante, pero una broma al fin y al cabo. Aun así, ¿no sería mejor que nos lo guardáramos para nosotros?

—¿Qué quieres decir?

—Que no se lo cuentes a tu mujer. Podría preocuparla.

—¡Preocuparla! Mi querido Gerald, ¿en qué estás pensando? Ella no se preocuparía ni se asustaría aunque todas las gitanas salidas de Bohemia coincidieran en que yo iba a asesinarla. Ni siquiera se detendría un segundo a considerarlo.

—Viejo amigo, las mujeres son supersticiosas —protestó Gerald—, mucho más que los hombres; y además han sido bendecidas, o malditas, con un sistema nervioso que a nosotros, los hombres, nos es completamente desconocido. Veo demasiadas muestras en mi trabajo como para no saberlo. Sigue mi consejo y no se lo cuentes, o la asustarás.

La expresión de Joshua se endureció de manera inconsciente al contestar.

—Querido amigo, yo nunca le ocultaría un secreto a mi esposa. Eso supondría el comienzo de un nuevo orden de cosas. No tenemos secretos entre nosotros. Si alguna vez llegamos a tenerlos, puedes estar seguro de que algo malo nos sucede.

—Aun así —dijo Gerald—, a riesgo de entrometerme, vuelvo a pedirte que sigas mi advertencia.

—Lo mismo que dijo la gitana —respondió Joshua—. Tú y ella estáis muy de acuerdo. Dime, amigo, ¿ha sido un montaje? Tú fuiste el que me habló del campamento gitano... ¿Lo organizaste todo junto con su majestad? —preguntó con seriedad juguetona.

Gerald le aseguró que había sabido del campamento aquella misma mañana y se burló de cada una de las siguientes réplicas de su amigo, y así, entre chanza y chanza, pasó el tiempo y llegaron a la casita de campo.

Mary estaba sentada al piano pero sin tocar. La borrosa luz del crepúsculo le había despertado tiernos sentimientos y tenía los ojos húmedos. Cuando entraron los hombres, corrió hacia su marido para besarlo. Joshua adoptó una actitud trágica.

—Mary —dijo con voz profunda—, antes de que te acerques a mí, escucha las palabras de la fortuna. Las estrellas han hablado y el destino está sellado.

—¿Cuál es, querido? Dime el destino, pero no me asustes.

—En absoluto, querida, pero hay una verdad que debes saber. Es necesario para que hagas tus planes con antelación, y todo se efectúe en orden y como debe ser.

—Adelante, querido, te escucho.

—Mary Considine, puede que tu efigie acabe en el museo de Madame Tussaud. Las estrellas, con la *jurisimprudencia* que las caracteriza, han relevado la notica fatal: que esta mano acabará roja de sangre, tu sangre. ¡Mary! ¡Mary! ¡Dios mío!

Se abalanzó hacia ella pero demasiado tarde para impedir que cayera al suelo desmayada.

—Te lo advertí —dijo Gerald—. No las conoces tan bien como yo.

Mary se recuperó poco después, pero solo para ser presa de un ataque de histeria, durante el que rio, lloró, desvarió y gritó.

—Apártalo de mí, apártalo de mí, a Joshua, mi marido —dijo entre otras cosas, suplicante y asustada.

Joshua Considine se hallaba al filo de la agonía, y cuando Mary por fin se calmó, se arrodilló junto a ella y le cubrió de besos los pies, las manos y el cabello, y le habló con palabras tiernas y le dedicó cuanta declaración de cariño se le pudo ocurrir. A lo largo de la noche y casi hasta el amanecer ella se despertó una y otra vez y lloraba asustada hasta asegurarse de que su marido velaba a su lado.

A la mañana siguiente, mientras daban cuenta de un desayuno tardío, Joshua recibió un telegrama mediante el que lo reclamaban en Withering, a casi veinte millas de allí. Era reacio a ir, pero Mary no quiso saber nada de que se quedara, y antes del mediodía partió solo en el carruaje que empleaba para salir de caza. Cuando él se fue, Mary se retiró a su habitación. No salió de allí a la hora de comer, pero a la tarde, cuando se sirvió el té en el césped bajo el gran sauce del jardín, se sumó a su invitado. Parecía casi del todo recuperada. Al cabo de unas frases casuales, dijo a Gerald:

—Lo de anoche fue una tontería, pero no pude evitar asustarme. De hecho, volvería a hacerlo si cediera a pensar en ello. Pero puede que al fin y al cabo no sean más que fantasías de esa gente, y se me ha ocurrido una forma de demostrar sin lugar a dudas que la predicción es falsa..., si es que lo es —añadió con tristeza.

—¿Cuál es tu plan? —preguntó Gerard.

—Iré al campamento gitano y haré que la reina me lea mi destino.

—Estupendo. ¿Puedo acompañarte?

—¡No! Eso lo estropearía todo. Ella podría reconocerte y deducir quién soy yo, y sabría lo que le conviene decir. Iré sola, esta tarde.

Al final de la tarde Mary Considine partió hacia el campamento gitano. Gerald la acompañó hasta el límite de las tierras comunales y luego volvió solo a casa.

Apenas había transcurrido media hora cuando Mary entró en el salón, donde él leía tumbado en un sofá. Estaba pálida como un fantasma y atacada por una extrema agitación. Casi no había superado el umbral cuando se derrumbó y cayó de rodillas sobre la alfombra, sollozando. Gerald corrió a ayudarla pero, con gran esfuerzo, ella se recompuso y le pidió que guardara silencio. Él esperó, y el mero hecho de plegarse a su solicitud y no hacerle preguntas pareció ayudarla, ya que pocos minutos después ella se había recuperado en parte y fue capaz de contarle lo sucedido.

—Cuando llegué —dijo— parecía no haber ni un alma. Fui al centro del campamento y me quedé allí. De pronto apareció una mujer alta a mi lado. «He sentido que se me necesitaba», dijo. Extendí la mano y puse una moneda de plata en ella. Ella se quitó del cuello una baratija dorada y la dejó también en mi palma, luego tomó ambas cosas y las lanzó al arroyo que por allí discurre. Cogió a continuación mi mano y dijo: «Nada salvo sangre en este lugar para la culpa», y dio media vuelta. Conseguí detenerla y le pedí que me contara algo más. Dudó pero me dijo: «¡Ten cuidado! ¡Mucho cuidado! Te veo yacer a los pies de tu esposo, y sus manos están ensangrentadas».

Eso no tranquilizó a Gerald en absoluto, pero se esforzó por reírse.

—Seguramente —dijo— esa mujer tiene una fijación con el asesinato.

—No te rías —dijo Mary—. No lo soporto.

Y llevada por un impulso repentino salió del salón.

Poco después volvió Joshua, tranquilo y risueño, y tan hambriento como un cazador. Su presencia animó a su esposa, que parecía mucho más contenta, pero esta no mencionó su visita al campamento gitano, así que Gerald tampoco dijo nada. Como si existiera un acuerdo tácito al respecto, no se hizo mención al tema en toda la tarde. Pero Mary tenía una expresión extraña, inamovible, que Gerald no pudo dejar de observar.

Por la mañana Joshua bajó a desayunar más tarde de lo habitual. Mary llevaba una hora levantada y haciendo cosas por la casa, pero a medida que transcurría el tiempo iba poniéndose más nerviosa y de vez en cuando lanzaba una mirada inquieta a su alrededor.

A Gerald le fue imposible no fijarse en que ninguno de ellos disfrutó del almuerzo. No fue porque las chuletas estuvieran duras sino porque todos los cuchillos estaban desafilados. Tratándose de un invitado, él, claro está, no dio muestras de haberlo notado, pero vio cómo Joshua, en un gesto en apariencia inconsciente, pasaba la yema del pulgar por el filo de su cuchillo. Al darse cuenta, Mary empalideció y a punto estuvo de caer desmayada.

Tras el desayuno salieron al jardín. Mary estaba reuniendo un ramo de flores.

—Consígueme unas rosas de té, querido —dijo a su marido.

Joshua se dirigió a un macizo en el frente de la casa. Los tallos se doblaban pero eran demasiado duros y no llegaban a romperse. Se llevó la mano al bolsillo, en busca de su navaja, pero en vano.

—Déjame tu navaja, Gerald.

Como Gerald no tenía, Joshua fue al salón donde acostumbraban a almorzar y cogió un cuchillo. Salió al jardín probando el filo y quejándose.

—¿Qué diantres les ha pasado a todos los cuchillos? No hay ninguno afilado.

Mary entró apresuradamente en la casa.

Joshua se puso a cortar rosas con el cuchillo sin filo, igual que los cocineros cortan el cuello a los pollos o los escolares cortan bramante. Con un poco de esfuerzo concluyó la tarea. El macizo de rosas era muy abundante, así que decidió formar un gran ramo.

No fue capaz de encontrar ni un cuchillo afilado en el aparador donde guardaban los cubiertos, así que llamó a Mary y le dijo lo que pasaba. Ella se mostró tan inquieta y abatida que él adivinó la verdad, y, estupefacto y herido, le preguntó:

—¿Quieres decir que lo has hecho tú?

—Joshua —dijo ella sin poder contenerse—, estaba muy asustada.

Él se puso pálido. Su rostro adoptó una expresión rígida.

—¡Mary! ¿Es esta la confianza que tienes en mí? Nunca lo habría creído.

—¡Joshua! ¡Joshua! Perdóname —suplicó ella, y rompió a llorar.

Joshua se detuvo a pensar un momento.

—Ya comprendo lo que sucede —dijo—. Es mejor que acabemos con esto antes de que nos volvamos locos.

Entró a zancadas al salón.

—¿Adónde vas? —preguntó Mary, gritando casi.

Gerald supo lo que pensaba su amigo: que ninguna superstición le obligaría a usar instrumentos romos el resto de su vida, así que no se sorprendió cuando lo vio salir por la ventana francesa empuñando un enorme cuchillo gurkha, que habitualmente estaba en la mesa de centro y que su hermano le había enviado desde el norte de la India. Era uno de los grandes cuchillos de caza que tantos estragos causaron en las distancias cortas entre los enemigos de los leales gurkhas durante el motín de Sepoy. Tenía un peso considerable, pero estaba tan bien equilibrado que parecía ligero, y cortaba como una cuchilla de afeitar. Con cuchillos como aquel los gurkhas cortaban ovejas en dos.

Cuando Mary lo vio salir con el arma soltó un alarido de pavor y sufrió un ataque de histerismo como el de la noche anterior.

Joshua corrió hacia ella, y, al ver que se desplomaba, soltó el cuchillo y trató de atraparla. Pero llegó un segundo demasiado tarde, y ambos hombres gritaron horrorizados al verla caer sobre la hoja desnuda.

Cuando Gerald acudió en su auxilio vio que el filo, que yacía mirando hacia arriba entre la hierba, había causado un corte en la mano izquierda de Mary. Varias venas menores habían quedado cercenadas y la sangre manaba a borbotones de la herida. Mientras la vendaba, señaló a Joshua que el acero también había cortado la alianza de matrimonio.

Llevaron a Mary, desvanecida, a la casa. Cuando un rato después volvió en sí, con el brazo en cabestrillo, estaba serena y feliz.

—La gitana estuvo increíblemente cerca de la verdad —dijo a su marido—; demasiado cerca como para que la predicción real se haga nunca realidad, querido.

Joshua se inclinó y depositó un beso en la mano herida.

El retorno de Abel Behenna

El pequeño puerto de Pencastle, en Cornualles, resplandecía a principios de abril; el sol había regresado, y parecía que para quedarse, tras un largo y crudo invierno. Rotundo y negro, el peñón se alzaba ante un fondo de azul desvaído, allá donde el cielo se encontraba con la niebla a la altura del lejano horizonte. El mar tenía la genuina tonalidad de Cornualles: zafiro, salvo cuando se tornaba de un profundo verde esmeralda en las profundidades insondables al pie de los acantilados, donde las cuevas de las focas abrían unas lúgubres fauces. En las laderas la hierba estaba marrón y reseca. Las matas de tojo eran de un gris ceniciento, pero el amarillo dorado de sus flores se propagaba por la pendiente de la colina, rodeando las rocas a medida que estas afloraban, y reduciéndose luego a macizos en puntos concretos, hasta finalmente desaparecer del todo donde los vientos marinos barrían los filos de los acantilados como una guadaña aérea que jamás cesara de trabajar. El conjunto de la ladera, con el fondo marrón y los destellos dorados, era idéntico a un colosal martillo amarillo.

El pequeño puerto se abría entre dos altos acantilados y al abrigo de una peña solitaria, herida por numerosas grutas y bufones a través de los cuales, en las tormentas, el mar hacía oír su voz atronadora a la vez que proyectaba surtidores de espuma. La ensenada doblaba hacia el oeste en un rumbo serpenteante, protegida su boca por dos pequeños muelles curvos a izquierda y derecha. Eran estos de tosca construcción, de oscuras losas de pizarra dispuestas de canto, sostenidas por grandes pilares, unidos entre sí mediante zunchos de hierro. Más arriba fluía, sobre un lecho rocoso, el río cuyas avenidas invernales habían venido horadando desde antiguo las colinas. El río era profundo en la desembocadura, pero aquí y allí, en los tramos más anchos, quedaban al descubierto con la marea baja partes resquebrajadas del fondo de roca, abundantes en agujeros donde se pescaban cangrejos y langostas. De entre las piedras asomaban postes robustos, empleados para amarrar las pequeñas embarcaciones de bajura que frecuentaban el puerto. Aguas arriba, la corriente continuaba siendo profunda, ya que la marea penetraba mucho tierra adentro, pero calmosa, porque hasta el efecto de las más fuertes tormentas quedaba antes aplacado. A un cuarto de milla tierra adentro la corriente conservaba su profundidad en marea alta, pero con la bajamar afloraban en ambas orillas tramos de la misma roca fracturada que podía verse más abajo, entre cuyas grietas corría y murmuraba el agua dulce del río. También aquí había postes de amarre para las embarcaciones de pesca. Las orillas estaban flanqueadas por filas de cabañas que alcanzaban casi la línea de la marea alta. Eran bonitas casas, de construcción mimada y robusta, con jardines estrechos y bien cuidados en la parte delantera, repletos de plantas de estilo conservador: groselleros en flor, coloridas primaveras, alhelíes y uva de gato. Por las fachadas de muchas de ellas trepaban clemátides y glicinas. La marquetería de ventanas y puertas era en todas blanca como la nieve, y el pequeño sendero que llevaba a cada una estaba pavimentado con losas de piedra clara. En algunas entradas había unos porches diminutos, y en otras, bancos rústicos confeccionados a partir de troncos o de viejos barriles; casi todos los alféizares estaban adornados con cajas o tiestos con flores o plantas de follaje vistoso.

Dos hombres vivían en sendas cabañas situadas frente a frente, una en cada orilla. Dos hombres, ambos jóvenes, ambos apuestos, ambos prósperos, y que habían sido compañeros y rivales desde la infancia. Abel Behenna era moreno, con la tez oscura agitanada que los fenicios, mineros viajeros, dejaron a su paso; Eric Sanson —apellido que, según el anticuario local, era una corrupción de Sagamanson— era rubio, con la complexión rubicunda rastro de las incursiones de los salvajes noruegos. Los dos parecían haber resuelto desde el primer momento de su vida trabajar juntos y competir entre ellos, luchar por el otro y afrontar espalda con espalda toda empresa. Ahora los dos habían puesto colofón a su templo de la Unidad al enamorarse de la misma chica. Sarah Trefusis era sin duda la chica más guapa de Pencastle, y muchos eran los jóvenes que gustosos habrían probado fortuna con ella, pero antes había dos a los que batir, y cada uno de estos era el hombre más fuerte y resuelto del puerto, a excepción del otro. La mayoría de los chicos pensaban que el reto era demasiado duro, lo que los llevaba a no tener buena opinión de ninguno de los tres actores principales; mientras que la mayoría de las chicas, que, en el mejor de los casos, tenían que soportar los gruñidos de sus novios y el sentimiento de no ser nada más que plato de segunda mesa, tampoco veían a Sarah con buenos ojos. Y esto llevó a que, al cabo de más o menos un año, pues los cortejos rurales son procesos lentos, los dos hombres y la mujer se vieran unidos por las circunstancias. Todos estaban contestos, así que no tenía importancia, y Sarah, que era vanidosa y frívola, se cobraba venganza, de manera callada pero cuidadosa, tanto de hombres como de mujeres. Cuando una joven sale de paseo y no puede presumir más que de un chico, y no del todo satisfecho, no le hace ninguna gracia que este mire con ojos de carnero degollado a otra chica, más guapa que ella y escoltada por dos devotos pretendientes.

Al cabo llegó el momento que Sarah había temido y retrasado una y otra vez, el momento en que tendría que elegir entre los dos hombres. Los dos le gustaban y, en realidad, cualquiera de ambos habría satisfecho los requerimientos de una chica incluso más exigente que ella. Pero su carácter era tan reacio a los cambios que pensaba más en lo que podía perder que en lo que podía ganar, y siempre que creía haber llegado a una decisión, de inmediato la asaltaban las dudas. Cada vez, el hombre al que había rechazado se veía provisto de repente de toda una serie de ventajas nuevas, volviéndolo más atractivo de lo que habría sido en caso de haber resultado él el elegido. Prometió a cada uno que el día de su cumpleaños —el cumpleaños de Sarah— le daría una respuesta, y ese día, el once de abril, había llegado. Las dos promesas se habían formulado de manera individualizada y confidencial, pero ninguno de los hombres era dado al olvido. A primera hora de la mañana, Sarah se encontró con que ambos aguardaban ante su puerta. Ninguno de los dos había dicho nada al otro; simplemente querían oír lo antes posible su respuesta y, si era posible, solicitar su mano. Damón no tiene por costumbre hacerse acompañar por Fintias a la hora de hacer una propuesta de matrimonio, y en el corazón de aquellos dos hombres sus aspiraciones sentimentales se hallaban por encima de las obligaciones de la amistad. Durante todo el día se mantuvieron alejados uno del otro. Era una situación violenta para Sarah y, pese a que ser adorada de aquel modo halagaba su vanidad, había momentos en que le molestaba la persistencia de los dos hombres. El único consuelo en tales momentos se lo proporcionaba el atisbar, tras las elaboradas sonrisas de las chicas que pasaban por la calle y veían su puerta doblemente guardada, los celos que les desbordaban el corazón. La madre de Sarah era una mujer de ideas vulgares y mezquinas, y, al ver lo que sucedía, su único objetivo, insistentemente manifestado a su hija con las palabras más claras posible, era el de disponerlo todo de modo que Sarah sacara todo lo posible de ambos hombres. Con tal propósito se había mantenido astutamente lo más al margen posible de los galanteos de su hija, observando en silencio. Al principio Sarah reaccionó con indignación ante sus mezquinos planes, pero, como de costumbre, su débil naturaleza cedió ante la insistencia y ahora estaba dispuesta a aceptarlos. No se sorprendió cuando, en el pequeño patio de la parte trasera de la casa, su madre le dijo:

—Ve a dar un paseo por la colina. Quiero hablar con ese par. Los dos están subiéndose a las paredes por ti y es hora de arreglar las cosas.

Sarah protestó débilmente pero su madre la cortó en seco.

—¡Mira, niña, ya lo he decidido! Los dos te quieren y solo uno puede tenerte, pero antes de que elijas hay que organizarlo para que te quedes con todo lo que tienen los dos. ¡No discutas! Vete a dar un paseo y cuando vuelvas ya lo habré arreglado. Hay una forma muy fácil.

Sarah subió la colina por estrechos senderos entre la aulaga dorada y la señora Trefusis se reunió con los dos hombres en el salón de la pequeña casa.

Inició su ataque con la valentía desesperada característica de toda madre que protege a sus hijos, por muy cuestionables que sean sus ideas.

—Vosotros dos estáis enamorados de mi Sarah.

Un silencio avergonzado confirmó palabras tan descaradas. Prosiguió.

—Ninguno tiene muchas posesiones.

Una vez más, aceptaron tácitamente la acusación.

—No creo que ninguno pueda mantener a una esposa.

Aunque ninguno de los dos dijo nada su mirada y actitud dejaban claro su disentimiento.

—Pero si juntáis lo que tenéis habría bastante para un hogar confortable para uno de vosotros... y para Sarah.

Los miró fijamente, con sus astutos ojos entrecerrados; cuando su escrutinio le dijo que habían asimilado la idea se apresuró a seguir, como si temiera que fueran a contradecirla.

—A la chica le gustáis los dos y puede que le sea difícil escoger. ¿Por qué no os la echáis a suertes? Primero juntad vuestro dinero; sé que los dos tenéis algo ahorrado. Que el ganador lo coja todo y negocie con ello un tiempo, y que luego vuelva a casa y se case con ella. ¡Supongo que no tenéis miedo! ¡Y que ninguno se negará a hacer tal cosa por la chica a la que decís amar!

Abel rompió el silencio.

—¡No me parece decente jugárnosla a suertes! A ella no le gustaría y no es... respetuoso.

Eric lo interrumpió. Sabía que no tendría tantas posibilidades como Abel en caso de que Sarah eligiera entre los dos.

—¿Te asusta el azar?

—¡De eso nada! —dijo Abel, resuelto.

Al ver que su plan estaba funcionando, la señora Trefusis se aprovechó de su ventaja.

—¿Estáis de acuerdo en juntar todo vuestro dinero para darle un hogar, tanto si os la jugáis a suertes como si es ella quien decide?

—¡Sí! —dijo Eric apresuradamente, y Abel coincidió, con idéntica testarudez.

Los perversos ojillos de la señora Trefusis destellaron. Oyó los pasos de Sarah en el patio.

—¡Aquí la tenemos! Se lo dejo a ella —dijo, y salió.

Durante el corto paseo por la colina, Sarah había intentado llegar a una decisión. Estaba cerca de sentirse enfadada con los dos hombres por ponérselo tan difícil, y en cuanto entró en el salón dijo sin preámbulos:

—Quiero hablar con los dos. Vamos a Flagstaff Rock, donde podremos estar solos.

Cogió su sombrero, salió de la casa y tomó el ventoso sendero que trepaba por la empinada peña, coronada por un alto mástil, donde antaño prendían sus hogueras los causantes de naufragios. La peña formaba la mandíbula norte del pequeño puerto. El camino solo era lo bastante ancho para dos personas, y la situación quedó clara cuando, por una suerte de acuerdo implícito, Sarah marchó por delante, con los dos hombres siguiéndola, uno junto al otro, sin que ninguno se quedara atrás. A esas alturas, el corazón de cada uno ardía de celos. Cuando llegaron a la cima de la peña, Sarah se apoyó contra el mástil y los dos jóvenes se situaron frente a ella. La chica había escogido el lugar con astucia y premeditación, pues no había espacio para nadie a su lado. Guardaron silencio un momento, hasta que Sarah se echó a reír y dijo:

—Os prometí que hoy os daría una respuesta. He pensado y pensado y pensado, hasta enfadarme con los dos por atormentarme así, y ni siquiera estoy cerca de llegar a una decisión.

—¡Déjanos echarlo a suertes, muchacha! —dijo Eric de pronto.

Sarah no se indignó por la propuesta; la sugerencia reiterada de su madre la había predispuesto a aceptar algo semejante, y su carácter débil la inclinaba a precipitarse hacia cualquier salida que le evitara dificultades. Con la mirada gacha y aire distraído se toqueteó las mangas del vestido, pareciendo haber accedido tácitamente a la propuesta. En cuanto lo infirieron, cada uno de los hombres se sacó una moneda del bolsillo, la lanzó al aire, la atrapó en la palma de una mano y la cubrió con la otra. Durante unos segundos se quedaron así, todos en silencio, hasta que Abel, el más reflexivo de los dos hombres, habló.

—¡Sarah! ¿Te parece bien?

Al mismo tiempo que lo dijo, descubrió su moneda y volvió a guardarla en el bolsillo. Sarah estaba molesta.

—Da igual si está bien o mal. A mí me vale. Y tú haz lo que quieras, tómalo o déjalo —dijo ella.

—¡Nada de eso, muchacha! —fue la rápida respuesta de Abel—. Mientras tú estés de acuerdo, a mí me vale. Solo temo que luego te arrepientas y lo lamentes. Si quieres a Eric más que a mí, dilo claramente, por Dios. Creo que soy lo bastante hombre como para aceptarlo. Pero si soy a quien más quieres, ¡no nos hagas a los dos unos desgraciados de por vida!

Enfrentado a una dificultad, el carácter débil de Sarah salió a relucir; la chica se tapó la cara con las manos y rompió a llorar.

—¡Es por mi madre! —dijo—. ¡No deja de decirme que lo haga!

El silencio que siguió fue roto por Eric, quien, acalorado, dijo a Abel:

—Deja en paz a la muchacha, ¿quieres? Si prefiere hacerlo así, que así sea. A mí me vale, y a ti también te tendría que valer. Ella lo ha decidido y nosotros tenemos que apechugar.

Sarah se volvió hacia él, presa de una repentina furia.

—¡Cállate! ¿A ti qué te importa, en cualquier caso? —dijo, y reanudó su llanto.

Eric estaba tan pasmado que se quedó sin palabras. Su aspecto era ridículo, boquiabierto y con las manos ante él, todavía con la moneda entre ellas. Guardaron silencio hasta que Sarah se apartó las manos de la cara y soltó una risa histérica.

—¡Como no sois capaces de decidiros me voy a casa! —dijo, y dio media vuelta.

—¡Alto! —dijo Abel en tono autoritario—. Eric, tú lanza la moneda y yo elijo. Pero antes dejémoslo todo bien claro: el que gane coge todos los ahorros de los dos, se va a Bristol y zarpa para negociar con el dinero. Luego vuelve, se casa con Sarah y los dos se quedan con todos los beneficios, sean cuanto sean. ¿Estamos de acuerdo?

—Sí —dijo Eric.

—Me casaré con el ganador en mi próximo cumpleaños —dijo Sarah, y al hacerlo le impactó el despreciable espíritu mercenario de lo que iba a hacer. Se volvió a toda prisa para ocultar un violento rubor.

Los ojos de los dos hombres resplandecían como si albergaran fuego en su interior.

—Un año. ¡Que así sea! —dijo Eric—. El que gane dispone de un año.

—¡Lanza! —dijo Abel, y la moneda giró en el aire.

Eric la atrapó y, una vez más, la sostuvo entre las manos extendidas.

—¡Cara! —eligió Abel, empalideciendo al decirlo.

Se inclinó a mirar y lo mismo hizo Sarah; sus cabezas casi se tocaban. Él sintió el cabello de la chica rozarle la mejilla y se estremeció, como si quemara. Eric alzó la mano superior; la moneda yacía en la palma mostrando su cara. Abel abrazó a Sarah. Con una maldición, Eric lanzó la moneda al mar. Se apoyó en el mástil y contempló con el ceño fruncido y las manos hundidas en los bolsillos a los otros dos. Abel susurraba palabras felices y apasionadas a Sarah y esta, a medida que lo escuchaba, empezaba a pensar que el azar había adivinado los deseos secretos de su corazón: que Abel era al que más quería de los dos.

Al cabo Abel alzó la vista e intercambió una mirada con Eric en el momento justo en que el último rayo del ocaso le iluminaba el rostro. La luz roja intensificaba lo rubicundo de su piel; parecía empapado de sangre. Abel no dio importancia al ceño fruncido del otro, pues ahora que su corazón había hallado la paz sentía una compasión inmaculada por su amigo. Caminó hacia él con intención de consolarlo, y le tendió la mano diciendo:

—La suerte ha estado de mi lado, viejo amigo. No me guardes rencor. Me esforzaré por hacer feliz a Sarah y tú serás como un hermano para nosotros.

—¿Un hermano? ¡Al diablo! —fue la respuesta de Eric, que dio media vuelta y echó a caminar pendiente abajo.

Pero tras unos pasos por el sendero rocoso se detuvo y regresó junto a la pareja. Se plantó frente a Abel y Sarah, que permanecían abrazados.

—Tienes un año —dijo—. ¡Sácale provecho! ¡Y asegúrate de estar de vuelta a tiempo de reclamar a tu mujer! Regresa a tiempo de leer las amonestaciones para casarte el once de abril. Si no lo haces, te aseguro que yo leeré las mías.

—¿Qué estás diciendo, Eric? ¿Te has vuelto loco?

—No más loco que tú, Abel Behenna. Ve y aprovecha tu oportunidad. Yo me quedo, pero también aprovecharé la mía. No voy a dejar que la hierba me crezca bajo los pies. Hace cinco minutos a Sarah no le importabas más que yo, y puede cambiar de parecer cinco minutos después de que te vayas. Solo has ganado por un punto. El resultado final puede cambiar.

—¡Nada va a cambiar! —dijo Abel, cortante—. Sarah, ¿me serás fiel? ¿No te casarás hasta que vuelva?

—¡Solo te esperará un año! —dijo Abel—. Es el acuerdo.

—Mi promesa durará un año —dijo Sarah.

La expresión de Abel se ensombreció y a punto estuvo de replicar algo, pero supo controlarse y sonrió.

—Esta noche no quiero ponerme duro ni enfadarme. ¡Vamos, Eric! Hemos jugado y luchado juntos. He ganado limpiamente. He jugado limpiamente durante todo el cortejo. Lo sabes tan bien como yo, y ahora que parto le pido a mi viejo y buen amigo que me ayude mientras estoy fuera.

—¡No me pidas eso! ¡Que sea Dios el que te ayude!

—Ya lo ha hecho —dijo Abel llanamente.

—Entonces que siga haciéndolo —respondió Eric enojado—. ¡Yo me conformo con el diablo!

Y sin decir más bajó a zancadas por el empinado sendero y se perdió de vista tras las rocas.

Cuando Eric se fue, Abel se volvió hacia Sarah, confiando en disfrutar de un momento íntimo, pero lo primero que ella le dijo le heló la sangre.

—¡Qué solitario está esto sin Eric!

Y estas palabras resonaban todavía en la cabeza de Abel cuando dejó a Sarah en su casa, y continuaron haciéndolo más tarde.

A la mañana siguiente, temprano, Abel oyó un ruido en su puerta y al abrir vio que Eric se alejaba a paso vivo. En el umbral aguardaba una pequeña bolsa de lona repleta de oro y plata; y en un trozo de papel prendido a ella con un alfiler, leyó: «Toma el dinero y vete. Yo me quedo. ¡Que Dios te acompañe! ¡Y que el diablo me acompañe a mí! Recuerda: el once de abril. ERIC SANSON».

Esa misma tarde Abel partió hacia Bristol, y una semana más tarde zarpó en el Star of the Sea con destino a Pahang. Su dinero —también el que había sido de Eric— viajaba a bordo en forma de un cargamento de juguetes baratos. Había sido aconsejado por un viejo y sagaz marino al que conocía, buen sabedor de cómo se hacían las cosas en el Quersoneso Áureo, que le aseguró que conseguiría un chelín por cada penique que invirtiera en ese negocio.

A medida que el año fue transcurriendo, la inquietud de Sarah aumentó. Eric no cesaba de rondarla para cortejarla a su estilo persistente y dominante, a lo que ella no presentaba objeción. No recibió más que una carta de Abel, en la que este le decía que el negocio había sido provechoso, que ya había enviado alrededor de doscientas libras al Banco de Bristol y que planeaba invertir otras cincuenta en productos que vender en China, adonde el Star of the Sea se dirigía y desde donde regresaría a Bristol. También sugería que devolvieran a Eric su dinero, junto con su parte de los beneficios. Eric recibió la propuesta con cólera, mientras que la madre de Sarah se limitó a tacharla de infantil.

Desde entonces habían pasado más de seis meses sin que llegara ninguna otra carta, y las esperanzas de Eric, que se habían venido abajo con la misiva de Pahang, volvían a alzarse. No cesaba de acosar a Sarah con preguntas hipotéticas. Si Abel no regresa, ¿se casaría ella con él? Si pasaba el once de abril sin que Abel hubiera arribado a puerto, ¿se casaría ella con él? Si Abel se había quedado con su fortuna y había desposado a otra mujer, ¿se casaría ella con él, Eric, en cuanto tuvieran noticia de ello? Y así, sin descanso, ofreciendo una variedad interminable de posibilidades. La fuerza de voluntad y la determinación de él acabaron por imponerse al débil carácter de ella. Sarah comenzó a perder la fe en Abel y a contemplar a Eric como posible esposo; y a ojos de una mujer, un posible esposo se diferencia de todos los demás hombres. Comenzó a experimentar un afecto inédito por él, y la confianza fruto del cortejo diario consentido hizo crecer el sentimiento. Sarah empezó a ver a Abel como nada más que un episodio del pasado, y si su madre no le hubiera recordado constantemente la notable fortuna que ya había depositada en el Banco de Bristol, se habría olvidado por completo de la existencia de Abel.

El once de abril era sábado, por lo que para contraer matrimonio ese día era necesario que se leyeran las amonestaciones el domingo veintidós de marzo. Desde comienzos de ese mes Eric no cesó de insistir en la ausencia de Abel, y su opinión, manifestada a las claras, de que este había muerto o se había casado empezó a calar en la chica. Cuando la primera mitad del mes quedó atrás, Eric se mostró exultante, y el día quince, después de la misa, llevó a Sarah a dar un paseo a Flagstaff Rock. Allí dejó bien claras sus intenciones.

—Le dije a Abel, y también a ti, que si no estaba aquí para leer sus amonestaciones el día once, yo leería las mías el doce. Ha llegado ese momento y así voy a hacerlo. Abel ha incumplido su palabra.

Al oír esto, Sarah se impuso a su flaqueza e indecisión.

—¡Todavía no lo ha hecho!

Eric rechinó los dientes de rabia.

—Si no quieres renunciar a él —dijo arremetiendo a golpes coléricos contra el mástil, que tembló emitiendo un murmullo—, muy bien, adelante. Yo cumpliré mi parte del acuerdo. El domingo leeré mis amonestaciones y tú podrás rechazarlas en la iglesia si así lo quieres. En caso de que Abel esté en Pencastle el once, puede cancelarlas y leer las suyas; pero hasta entonces, haré lo que tengo que hacer, ¡y ay del que se interponga en mi camino!

Sin añadir más bajó a zancadas por el sendero rocoso y, mientras Sarah lo veía alejarse siguiendo la línea de los acantilados, en dirección a Bude, no pudo menos que admirar su valor y su intensidad vikingos.

Durante la semana siguiente no llegaron noticias de Abel, y el sábado Eric anunció las amonestaciones de matrimonio entre él y Sarah Trefusis. El clérigo esbozó una queja porque, aunque nada formal se había dicho al vecindario, todos daban por supuesto desde la partida de Abel que cuando este volviera se casaría con Sarah; pero Eric no estaba dispuesto a discutirlo.

—Es un tema doloroso, señor —dijo con una firmeza que convenció al pastor, un hombre joven—. No creo que haya nada contra Sarah ni contra mí. ¿Por qué deberían ponerse objeciones?

El pastor no dijo nada más y al día siguiente leyó por primera vez las amonestaciones, entre murmullos de la congregación. Sarah estaba presente, de modo contrario a la costumbre, y pese a su rubor, disfrutó de su triunfo sobre las demás chicas, cuyas amonestaciones no habían llegado aún. Antes de que terminara la semana empezó a trabajar en su vestido de novia. Eric tomó la costumbre de ir a verla coser; la imagen le emocionaba. Le decía cosas bonitas y eran para ambos momentos íntimos deliciosos.

Las amonestaciones fueron leídas por segunda vez el veintinueve, y las esperanzas de Eric se fortalecieron más y más, pese a sufrir episodios de total desesperación cuando recordaba que la copa de la felicidad podía serle arrebatada de los labios en cualquier momento, hasta el último segundo. En tales ocasiones se veía arrebatado de cólera —irrefrenable y sin asomo de remordimientos—, rechinaba los dientes y apretaba los puños como si un rastro de la cólera berserker de sus ancestros todavía circulara por sus venas. El jueves fue a ver a Sarah y la encontró, bañada por el sol, dando los últimos retoques al blanco vestido de novia. El corazón de Eric se colmó de alegría, que se transformó en un júbilo inexpresable, al ver tan enfrascada en la tarea a la mujer que pronto sería su esposa, y se relajó, presa de un lánguido éxtasis. Se inclinó, besó a Sarah en los labios y susurró en su sonrosada oreja:

—¡Tu vestido de boda, Sarah! ¡El que llevarás cuando te cases conmigo!

Cuando retrocedió para seguir admirándola, ella alzó la vista y lo miró con descaro.

—A lo mejor contigo no. ¡A Abel todavía le queda más de una semana!

Luego ella rompió a llorar consternada, pues Eric soltó una maldición colérica y salió de la casa dando un portazo. El incidente perturbó a Sarah más de lo que habría esperado porque hizo revivir en ella los miedos, las dudas y la indecisión. Lloró un poco, dejó a un lado el vestido y, para tranquilizarse, salió a dar un paseo, con intención de sentarse un rato en la cima de Flagstaff Rock. Cuando llegó, se encontró con un grupo de gente que discutía acaloradamente sobre el tiempo. El mar se hallaba en calma y brillaba el sol, pero el mar se encontraba recorrido por unas extrañas franjas, oscuras y claras, y en la costa las rocas estaban ribeteadas de espuma, que se estiraba trazando curvas y círculos al retroceder las olas. El viento había rolado y llegaba ahora en forma de rachas frías y violentas. El bufón que atravesaba Flagstaff Rock, desde la bahía rocosa hasta el muelle, bramaba de manera intermitente, y las gaviotas no cesaban de chillar sobrevolando en círculos la bocana del puerto.

—Tiene mala pinta —oyó que decía un viejo pescador al guardacostas—. Lo vi así una vez, cuando el Coromandel, de la Compañía de las Indias Orientales, se hizo añicos en Dizzard Bay.

Sarah no quiso oír más. Era tímida en todo cuanto implicara peligro y no soportaba oír hablar de naufragios y desastres. Volvió a casa y retomó la labor de su vestido, y mientras trabajaba decidió que tranquilizaría a Eric con una dulce disculpa en cuanto lo volviera a ver, y que, después de la boda, aprovecharía la primera oportunidad de la que dispusiera para ajustarle las cuentas y quedar a la par.

La predicción meteorológica del viejo pescador se vio confirmada. La tormenta llegó al anochecer. El mar se levantó y azotó la costa occidental desde Skye hasta Scilly causando desastres por doquier. Los marinos y pescadores de Pencastle subieron a los acantilados a contemplar preocupados el mar. El destello de un rayo dejó ver un queche a la deriva, con nada más que un foque en pie, a media milla del puerto. Todos los ojos y los catalejos apuntaron hacia la embarcación, a la espera del siguiente rayo, y, cuando se produjo, un coro de voces anunció que era el Lovely Alice, que comerciaba entre Bristol y Penzance, tocando cada puerto intermedio.

—¡Que Dios los ayude! —dijo el capitán de puerto—. Nada se puede hacer por salvarlos, estando entre Bude y Tintagel y con viento de tierra.

Los guardacostas se pusieron manos a la obra, ayudados por voluntariosos brazos y corazones, y llevaron el lanzacohetes a la cumbre de Flagstaff Rock. Prendieron bengalas azules para señalizar la bocana del puerto a los que iban a bordo, en caso de que pudieran hacer algo por alcanzarla. A bordo le echaban valor, pero ni la experiencia ni la fuerza servían de nada. Al cabo de unos minutos el Lovely Alice se abalanzaba hacia su fin contra el islote rocoso que guardaba la bocana. La tormenta acalló los gritos de quienes saltaban por la borda en un último intento por salvar la vida. Las bengalas azules seguían encendidas y ojos ansiosos escrutaban las aguas por si conseguían ver a alguien, mientras que las cuerdas se hallaban dispuestas para ser lanzadas en ayuda de los supervivientes. Pero no se veía a nadie, y los voluntariosos brazos colgaban inmóviles. Eric se contaba entre los presentes. Su procedencia islandesa nunca fue tan palmaria como en aquella hora aciaga. Cogió una cuerda y gritó al oído del capitán de puerto:

—Bajaré a la roca que hay sobre la cueva de las focas. La marea está subiendo y puede haber arrastrado a alguien allí.

—¡Ni se te ocurra, muchacho! —fue la respuesta—. ¿Te has vuelto loco? Si pierdes pie en esa roca estás perdido. ¡Y nadie puede conservar el equilibrio en ese sitio, y de noche, y con esta tormenta!

—¡Nada de eso! Recuerda que Abel Behenna me salvó allí en una noche como esta, cuando mi barca chocó contra Gull Rock. Me sacó de las aguas profundas de la cueva de las focas, y ahora a alguien puede pasarle lo mismo que a mí.

Y diciendo esto se perdió entre la oscuridad. Los altos peñascos dejaban en sombras Flagstaff Rock, pero conocía bien el camino. Impulsado por su resolución y su paso firme, poco después se encontraba sobre la gran roca de cima redondeada, erosionada en su parte inferior por las olas, donde se abría la cueva de las focas, lugar en que el agua alcanzaba profundidades insondables. Disfrutaba allí de una relativa seguridad, dado que la forma cóncava de la roca repelía las olas, y pese a que bajo él el agua hervía como una marmita borboteante, un poco más allá había una zona casi en calma. La roca parecía aplacar asimismo el sonido de la galerna, y Eric aguzó el oído a la vez que escrutaba el agua. Mientras aguardaba dispuesto a lanzar la cuerda, le pareció oír por debajo de él, más allá de donde se arremolinaba el agua, un débil y desesperado grito. Respondió con una llamada que atravesó la noche. Esperó a continuación al destello de un rayo y cuando se produjo lanzó la cuerda hacia el punto de la oscuridad donde había visto asomar un rostro entre el torbellino de espuma. La cuerda fue apresada, pues notó un tirón, y volvió a gritar con su poderosa voz:

—¡Átala a la cintura! ¡Te sacaré de ahí!

Cuando sintió la cuerda asegurada, se desplazó a lo largo de la roca hasta el extremo de la cueva, donde las aguas estaban un poco más tranquilas y donde podía afianzarse mejor para tirar del hombre e izarlo. Empezó a jalar y pronto, por la cuerda que había cobrado, supo que el hombre debía de estar cerca de la cima de la roca. Hizo una breve pausa, aseguró los pies y respiró hondo; un esfuerzo más y concluiría el rescate. Justo cuando retomó la labor, un rayo permitió a los dos hombres verse entre sí: rescatador y rescatado.

Eric Sanson y Abel Behenna se hallaban frente a frente, y nadie al margen de ellos, y de Dios, sabía de su encuentro.

En ese instante una ola de cólera rompió contra el corazón de Eric. Todas sus esperanzas saltaron por los aires y en sus ojos brilló un odio digno de Caín. Al mismo tiempo que reconoció a Abel, vio la alegría de este al ver quién había ido en su auxilio, y eso avivó su odio. Dominado por la cólera, saltó atrás soltando la cuerda, que corrió entre sus manos. Al arrebato de odio siguió un impulso de su lado bueno, pero era demasiado tarde.

Sin llegar a comprender lo que había sucedido, Abel, entorpecido por la cuerda que debería haber sido su salvación, cayó con un grito desesperado a las tinieblas del mar voraz.

Sintiendo que la locura y la maldición de Caín se cernían sobre él, Eric echó a correr sin prestar atención al peligro, deseando una única cosa: estar entre otras personas, cuyas voces silenciaran el grito que seguía oyendo. Cuando llegó a Flagstaff Rock los hombres lo rodearon y, a través del estruendo de la tormenta, oyó al capitán del puerto decir:

—¡Te creímos perdido cuando oímos gritar a alguien! ¡Qué pálido estás! ¿Y la cuerda? ¿La corriente había llevado a alguien a la cueva?

—No, a nadie —gritó él. Le resultaba imposible explicar que había abandonado a su viejo camarada, que lo había arrojado de vuelta al mar, y en el mismo sitio y en las mismas circunstancias en que su amigo le había salvado la vida. Confiaba en que una mentira contundente zanjara la cuestión para siempre. No había testigos, y si él tenía que vivir con el recuerdo de aquella cara pálida y aterrada y con el eco interminable de su grito desesperado, al menos nadie más lo sabría—. No, a nadie —repitió más alto—. Resbalé en la roca y la cuerda cayó al mar.

Les dio la espalda y se apresuró por el sendero en pendiente, hacia su cabaña, donde se encerró.

Pasó el resto de esa noche tendido en la cama, vestido e inmóvil, con la vista fija en el techo y viendo asomar entre la oscuridad una cara pálida, mojada y resplandeciente, acompañada de un grito que no cesaba.

Por la mañana la tormenta había amainado y todo volvía a estar en calma, salvo el mar, alborotado por un resto de furia. La corriente arrastró al puerto grandes fragmentos del naufragio, y otros muchos flotaban alrededor del islote rocoso. También fueron a parar al puerto dos cadáveres, el del capitán del queche siniestrado y el de un marinero a quien nadie conocía.

Sarah no supo nada de Eric hasta el final de la tarde, y este solo se dejó ver un minuto. No entró en la casa sino que asomó la cabeza por la ventana abierta.

—¿Y bien, Sarah? —dijo en voz bien alta, aunque a Sarah el tono le pareció forzado—. ¿Está terminado el vestido de boda? El domingo en siete días, recuérdalo. ¡El domingo en siete días!

A Sarah le alegró que la reconciliación hubiera sido tan fácil, pero, con actitud muy femenina, ahora que había pasado la tormenta, así como el motivo de sus miedos, recayó en la ofensa.

—El domingo, que así sea —dijo sin levantar la mirada—, ¡si es que Abel no está aquí el sábado!

Lo miró con descaro, aunque temía otro arrebato por parte de su impetuoso amante. Pero ya no había nadie en la ventana; Eric se había ido, y con un mohín ella retomó el trabajo. No volvió a verlo hasta el sábado por la tarde, después de que las amonestaciones se leyeran por tercera vez, cuando él se le acercó delante de todos con una actitud de propietario que en parte la complació y en parte la molestó.

—¡Todavía no, señor mío! —dijo ella apartándolo, mientras las demás chicas soltaban risitas—. Espere hasta el próximo domingo, si no le importa. ¡El día siguiente al sábado! —dijo, mirándolo retadora.

Las chicas emitieron nuevas risitas y los chicos rompieron en carcajadas. Pensaban que el desaire era la razón por la que, cuando Eric dio media vuelta y se fue, estuviera blanco como una sábana. Pero Sarah, que lo conocía mejor, se rio, porque tras la expresión doliente de su rostro detectó un asomo de triunfo.

Transcurrió la semana sin incidentes; no obstante, a medida que el sábado se aproximaba Sarah experimentó algunos momentos de ansiedad, y en cuanto a Eric, pasaba las noches como un poseso. Se dominaba siempre que había alguien delante, pero de cuando en cuando se perdía entre las rocas y las cuevas para desahogarse a gritos. Eso lo aliviaba un poco y le ayudaba a seguir manteniendo el tipo durante un tiempo. Pasó todo el sábado sin salir de casa. Como iba a casarse al día siguiente, los vecinos pensaron que se debía a la timidez, y nadie lo molestó. Solo recibió una visita, la de un oficial de los guardacostas, que se presentó en su casa, tomó asiento y, al cabo de una pausa, dijo:

—Eric, ayer fui a Bristol. Estuve donde el cordelero, comprando una cuerda para reemplazar la que perdiste en la tormenta, y me encontré con Michael Heavens, un comerciante de allí. Me dijo que Abel Behenna había llegado la semana anterior a bordo del Star of the Sea, procedente de Cantón, y que había hecho un depósito en el Banco de Bristol a nombre de Sarah Behenna. Él mismo le dijo a Michael que tenía un pasaje en el Lovely Alice para venir a Pencastle. Ánimo, muchacho —añadió, pues Eric, con un gruñido, se había llevado las manos a la cara y apoyado la frente en las rodillas—. Era amigo tuyo, lo sé, pero no pudiste hacer nada por ayudarlo. Debió de hundirse con los demás aquella noche horrible. Pensé que debía decírtelo, antes de que te enteraras de otro modo, y para que puedas evitar que Sarah Trefusis se asuste. Eran buenos amigos, y las mujeres se toman estas cosas muy a pecho. No tiene sentido entristecerla con una noticia así el día de su boda.

Se levantó y se fue, dejando a Eric con la cabeza apoyada desconsoladamente en las rodillas.

—Pobre hombre —murmuró para sí—. Se lo ha tomado a pecho. Bueno, es normal. Fueron muy amigos, y Abel le salvó la vida.

Ese mismo día, por la tarde, cuando los niños salieron del colegio se dispersaron jugando por los diques y los caminos de los acantilados. Poco después un grupo de ellos fue corriendo, presa de una gran excitación, al puerto, donde unos pocos hombres descargaban un queche carbonero bajo la supervisión de muchos otros.

—¡Hay una marsopa en la bocana! —dijo uno de los niños—. ¡La vimos a través del bufón! ¡Tenía una cola muy larga y nadaba muy profundo!

—No era ninguna marsopa —dijo otro—. Era una foca, pero sí que tenía la cola larga. Asomaba por la cueva de las focas.

Los demás niños aportaron versiones diferentes, pero todas coincidían en dos aspectos: fuera «aquello» lo que fuera, lo habían visto por el bufón, nadando a gran profundidad, y tenía una cola larga y delgada, tan larga que no llegaron a ver el extremo. Los hombres no ahorraron chanzas crueles a los niños, pero como estaba claro que habían visto algo, un buen número de personas, jóvenes y viejos, hombres y mujeres, subieron por los caminos hacia los acantilados a ambos costados de la bocana para ver aquella nueva incorporación a la fauna marina: una marsopa o foca de cola larga. La marea estaba subiendo. Había un poco de brisa y la superficie del agua estaba rizada, así que solo durante breves momentos podía verse lo que había debajo. Al cabo de un rato una mujer gritó que había visto algo moviéndose canal arriba, justo debajo de donde ella estaba. La gente corrió en estampida hacia allí, pero para cuando se congregaron en el sitio la brisa se había levantado y era imposible distinguir nada debajo del agua. En respuesta a las preguntas de todos, la mujer contó lo que había visto, pero de manera tan incoherente que acabaron atribuyéndolo a su imaginación; si no hubiera sido por lo que habían contado los niños, no se le habría concedido crédito alguno. Su medio histérica afirmación de que lo que había visto parecía «un cerdo con las entrañas fuera» solo significó algo para un viejo guardacostas, que meneó la cabeza pero no hizo ningún comentario. Aquel hombre se quedó hasta el anochecer en la orilla, con la mirada fija en el agua y expresión consternada.

Eric se levantó temprano a la mañana siguiente. No había dormido en toda la noche y la llegada del día fue un alivio para él. Se afeitó sin que le temblara la mano y se puso el traje de boda. Estaba ojeroso y parecía haber envejecido varios años en los últimos días. Aun así, en sus ojos había un brillo, inquieto y feroz, de triunfo, y no dejaba de musitar para sí, una y otra vez:

—¡Es el día de mi boda! Abel ya no puede reclamarla... ¡ni vivo ni muerto! ¡Ni vivo ni muerto! ¡Ni vivo ni muerto!

Se sentó en un sillón a esperar con una serenidad asombrosa la hora de ir a la iglesia. Cuando sonó la campana, se levantó, salió de casa y cerró la puerta. Echó un vistazo a la ría y vio que la marea estaba bajando. En la iglesia se sentó con Sarah y la madre de esta, agarrando con fuerza la mano de la chica, como si temiera perderla. Una vez concluido el oficio, los dos se pusieron en pie al unísono y contrajeron matrimonio en presencia de toda la congregación, pues nadie abandonó la iglesia. Ambos respondieron con claridad; Eric incluso con cierto tono retador. Terminada la boda, Sarah tomó a su esposo del brazo y salieron juntos, seguidos por los niños, algunos de los cuales recibieron coscorrones de sus mayores para que se comportaran y no agobiaran a los recién casados.

El camino de la iglesia pasaba por la parte trasera de la cabaña de Eric, donde se abría un estrecho corredor entre la casa de este y la de su vecino. Cuando la pareja pasó por allí, el resto de la congregación, que los había seguido a poca distancia, fue sorprendido por un grito agudo y prolongado de la novia. Se apelotonaron pasando por el corredor y la encontraron en la orilla, con mirada enloquecida, señalando un punto de la orilla, justo ante la puerta de Eric Sanson.

La marea, al bajar, había depositado allí el cuerpo de Abel Behenna, sobre el lecho de rocas. La cuerda atada a su cintura se había enredado en el poste de amarre y lo había retenido mientras descendía la marea. El codo derecho había quedado encajado en un canal entre rocas, de manera que la mano se hallaba extendida hacia Sarah, con los dedos pálidos y goteantes, y con la palma hacia arriba como a la espera de estrechar la de la chica.

Sarah Sanson nunca tuvo claro lo que sucedió a continuación. Siempre que trataba de recordarlo, un zumbido asomaba a sus oídos y la vista se le oscurecía, sin permitirle ver nada. Lo único que alcanzaba a recordar —y de lo que nunca se olvidó— fue de los jadeos de Eric, y de su rostro, más pálido que el del mismo cadáver, mientras musitaba:

—¡La ayuda del diablo! ¡La confianza del diablo! ¡El precio del diablo!

El secreto del oro creciente

Cuando Margaret Delandre fue a vivir a Brent's Rock todo el vecindario se abandonó al placer de un nuevo e inédito escándalo. Los escándalos relacionados con las familias Delandre y Brent no escaseaban, y si se hubiera escrito una detallada historia secreta del condado, ambos apellidos habrían contado con una buena representación. Cierto es que el estatus de las dos familias era tan diferente que bien podrían haber pertenecido a continentes distintos —o, ya puestos, a mundos distintos— ya que hasta el momento sus órbitas nunca se habían cruzado. Los Brent eran considerados, por unanimidad, la familia más notoria del condado, y siempre se habían movido muy por encima de la clase de terratenientes rurales a la que Margaret Delandre pertenecía, del mismo modo que un hidalgo español de sangre azul se halla por encima de sus granjeros arrendatarios.

El linaje de los Delandre provenía de antiguo y, a su modo, se enorgullecían de él tanto como los Brent del suyo. Pero la familia nunca había prosperado más allá del rango de los terratenientes rurales; y pese a haber disfrutado de una posición acomodada en los viejos buenos tiempos de las guerras foráneas y el proteccionismo, su fortuna se había agostado bajo el sol del libre comercio y las «felices épocas de paz». Como sus miembros de mayor edad acostumbraban a afirmar, estaban «arraigados a aquella tierra» y, en consecuencia, habían terminado enraizando en ella, en cuerpo y en alma. De hecho, habiendo elegido la vida de los vegetales se habían desarrollado como lo hacen estos: creciendo y floreciendo en las buenas temporadas y padeciendo en las malas. Su propiedad, Dander's Croft, se hallaba esquilmada, a semejanza de la familia que la habitaba. Esta había venido declinando generación tras generación, enviando al mundo de cuando en cuando algún lánguido retoño, en forma de un soldado o un marino que se habían abierto camino hasta las graduaciones inferiores de sus respectivos servicios para allí quedarse estancados, impedida su promoción bien por falta de compromiso y valentía a la hora de entrar en acción, bien por esa querencia autodestructiva propia de hombres sin educación y que no han recibido suficiente cariño en la infancia: el anhelo de una posición superior a la suya y, al mismo tiempo, la conciencia de que nunca serán capaces de alcanzarla. De modo que, poco a poco, la familia cayó cada vez más bajo; los hombres, huraños e insatisfechos, bebiendo hasta matarse; las mujeres trabajando como esclavas en la casa o casándose con hombres de clase inferior a la suya, o haciendo cosas peores. Con el tiempo todos fueron desapareciendo, hasta que no quedaron más que dos en Dander's Croft, Wykham Delandre y su hermana Margaret. Ambos parecían haber heredado, uno en forma masculina y la otra en femenina, la maléfica propensión de su estirpe, compartiendo los rasgos principales pero manifestándolos de modos distintos: cólera huraña, voluptuosidad y temeridad.

La historia de los Brent había sido similar, pero siendo las causas de su decadencia las propias de la aristocracia, no las de los plebeyos. Ellos, asimismo, habían enviado sus retoños a las guerras; pero los rangos que alcanzaron fueron diferentes a los de los Delandre y a menudo se habían visto condecorados, pues todos sin excepción eran valientes, y protagonizaron acciones valerosas antes de que la disipación egoísta que era su estigma minara su vigor.

El actual cabeza de familia —si de una familia puede hablarse cuando solo queda un miembro de la línea directa— era Geoffrey Brent. Era el prototipo de heredero de una estirpe arruinada, manifestando por un lado sus más brillantes cualidades y por otro su absoluta degradación. Se lo podría comparar oportunamente con los nobles italianos de antaño cuyas efigies han preservado los pintores, mostrándonos su coraje, su ausencia de escrúpulos, su lujuria y crueldad refinadas, la voluptuosidad manifiesta y la maldad potencial. Era, sin duda, atractivo; provisto de la belleza morena, aquilina e imponente que las mujeres identifican con frecuencia como superior a todas las demás. Con los hombres se comportaba él de modo distante y frío; pero tal forma de actuar nunca disuade al sexo femenino. Las inescrutables leyes del sexo han dispuesto que ni la más tímida de las mujeres sienta miedo ante un hombre altivo y temible. De modo que apenas se podía encontrar a una mujer, fuera cual fuera su clase o situación, que viviera a la vista de Brent's Rock, que no albergara una secreta admiración por aquel atractivo gandul. El conjunto era numeroso, pues Brent's Rock se alzaba prominente en mitad de una región llana, y desde cientos de millas a la redonda, sus altas y antiguas torres y los tejados empinados sobresalían en el horizonte por encima de bosques, aldeas y las escasas y dispersas mansiones.

Siempre que Geoffrey Brent restringiera su libertinaje a Londres, París y Viena —cualquier lugar fuera del alcance de la vista y los oídos de sus vecinos— la gente se abstenía de opinar sobre él. Es sencillo escuchar con impasibilidad noticias lejanas, podemos recibirlas con incredulidad, burla, desdén o cualquier otra actitud fría que consideremos adecuada. Pero cuando el escándalo se acercó, cambió la cosa, y los sentimientos de independencia e integridad propios de toda comunidad que no esté moralmente arruinada se manifestaron y reclamaron condena. Aun así, hubo una reticencia generalizada, y no se reclamaban más noticias de los hechos que las estrictamente necesarias. Margaret Delandre actuaba de manera tan audaz y abierta, aceptaba su posición como legítima compañera de Geoffrey Brent de modo tan natural, que la gente llegó a pensar que se había casado con él en secreto, y consideraron más prudente morderse la lengua, no fuera que el tiempo le diera la razón a ella y la convirtiera en un enemigo a temer.

La única persona que, mediante su intervención, podría haber puesto fin a las dudas, se veía privado de entrometerse a causa de las circunstancias.

Wykham Delandre se había peleado con su hermana —o puede que fuera ella quien se peleó con él— y no se hallaban en términos de una mera neutralidad armada sino de odio amargo y manifiesto. La pelea había tenido lugar antes de que Margaret se fuera a Brent's Rock. Ella y Wykham a punto habían estado de llegar a las manos. Se habían proferido amenazas por ambas partes, y al final Wykham, dominado por la cólera, había ordenado a su hermana que abandonara la casa. Ella se puso en pie de inmediato y, sin molestarse en recoger sus bienes personales, salió de la vivienda. En el umbral se detuvo un momento para advertir amargamente a Wykham que este lamentaría hasta su última hora de vida lo que había hecho ese día. Pasaron unas semanas y en el pueblo todos daban por sentado que Margaret se había ido a Londres, cuando de pronto apareció en compañía de Geoffrey Brent, y antes del anochecer todo el vecindario estaba enterado de que se había trasladado a Brent's Rock. No causaba sorpresa que Brent se hubiera presentado de manera inesperada, pues tal era su costumbre. Ni siquiera sus sirvientes sabían nunca cuándo podían esperarlo; había una puerta privada, de la que solo él tenía llave, por la que a veces entraba sin que nadie en la casa se percatara de su llegada. Era esa su forma de aparecer al cabo de una larga ausencia.

La noticia enfureció a Wykham Delandre. Juró venganza y, para que su buen juicio no pusiera obstáculo a la cólera, bebió más que nunca. Varias veces trató de ver a su hermana, pero ella, despreciativa, rehusó recibirlo. Intentó entonces hablar con Brent, que también rechazó reunirse con él. Trató de interceptarlo en el camino, pero sin éxito, pues Geoffrey no era un hombre al que se le pudiera detener en contra de su voluntad. Hubo varios encuentros fallidos entre los dos hombres, además de otros intentos, urdidos por uno y evitados por el otro. Al final Wykham Delandre hubo de aceptar la situación, aunque no sin malhumor ni ánimo vengativo.

Ni Margaret ni Geoffrey eran de temperamento pacífico, así que no pasó mucho tiempo antes de que empezaran las peleas entre ellos. Una cosa llevaba a otra y el vino corría en abundancia en Brent's Rock. De cuando en cuando las peleas tomaban un cariz amargo, y las amenazas se proferían en términos tan intransigentes que atemorizaban a la servidumbre. Pero las peleas concluían donde generalmente suelen hacerlo los altercados domésticos, en reconciliación, y en un mutuo respeto por el carácter del contrincante y sus dotes para la refriega. Pelearse por el mero hecho de hacerlo es algo en lo que cierta clase de personas, en todo el mundo, halla un interés absorbente, y no hay motivos para pensar que las condiciones domésticas minimicen tal atracción. Geoffrey y Margaret salían ocasionalmente de Brent's Rock, y cada vez Wykham Delandre salía también de casa, dispuesto a encontrarse con ellos; pero como casi siempre tenía noticia demasiado tarde de que la pareja estaba fuera, él regresaba sobre sus pasos más amargado y frustrado que antes.

Finalmente, la pareja se ausentó de Brent's Rock más tiempo de lo habitual. Unos días antes habían tenido una pelea, que superó en crudeza a todas las anteriores; pero también esta vez se habían reconciliado, y mencionaron en presencia de los sirvientes un viaje al continente. Al cabo de pocos días Wykham Delandre se ausentó también, y transcurrieron varias semanas hasta su regreso. Los vecinos se percataron de sus nuevas ínfulas, se mostraba satisfecho, exaltado; apenas sabían cómo calificarlo. Fue directo a Brent's Rock y exigió ver a Geoffrey Brent, y cuando le informaron de que aún no había vuelto, dijo con una resolución ominosa que los sirvientes no dejaron de notar:

—Volveré. Tengo noticias importantes que no pueden esperar.

Dio media vuelta y se fue. Pasaron las semanas y a continuación los meses, y llegó entonces el rumor, más adelante confirmado, de que se había producido un accidente en el valle de Zermatt. Cuando atravesaba un peligroso paso montañoso, el carruaje donde viajaban una dama inglesa y su cochero había caído por un precipicio; el caballero que los acompañaba, el señor Geoffrey Brent, había tenido la fortuna de salvarse, pues en ese momento no iba a bordo sino que subía la pendiente a pie para facilitar la labor de los caballos. Dio aviso de lo acontecido y se organizó la búsqueda. El parapeto roto, el camino en mal estado, las marcas dejadas por los caballos al forcejear en el terraplén antes de caer finalmente al torrente que discurría abajo... todo confirmaba el triste relato. Estaban en la temporada de lluvias y en invierno había nevado mucho, así que el nivel del río estaba mucho más alto de lo habitual y la corriente arrastraba témpanos de hielo. Se efectuó una búsqueda exhaustiva, y finalmente los restos del carruaje y el cadáver de un caballo fueron localizados en un remanso. Más tarde el cuerpo del cochero apareció en una llanura de aluvión cerca de Täsch; pero del cuerpo de la mujer, así como del segundo caballo, no había rastro; lo que para entonces quedara de ellos estaría girando en los remolinos del Ródano, de camino al lago de Ginebra.

Wykham Delandre efectuó todas las pesquisas posibles pero no encontró ninguna huella de la mujer desaparecida. Descubrió, sin embargo, en los libros de registro de varios hoteles el nombre de «señor Geofrey Brent y señora». Erigió una estela en Zermatt en memoria de su hermana, empleando su nombre de casada, e hizo colocar una lápida en la iglesia de Bretten, la parroquia a la que pertenecían tanto Brent's Rock como Dander's Croft.

Hizo falta casi un año para que la conmoción provocada por el accidente se extinguiera y el vecindario volviera a sus rutinas. Brent continuaba ausente, y Delandre bebía más y estaba más malhumorado y vengativo que nunca.

Se produjo entonces un nuevo revuelo. Brent's Rock se preparaba para la llegada de una nueva señora. El mismo Geoffrey lo anunció de manera oficial en una carta enviada al vicario, en la que le informaba de que unos meses atrás había contraído matrimonio con una dama italiana, y que se hallaban de camino a casa. Un pequeño ejército de obreros invadió Brent's Rock; los martillos y las garlopas se oían todo el día y en el aire imperaban los olores de la cola y la pintura. El ala sur de la vieja casa se reformó por completo y los trabajadores se fueron, dejando nada más que los materiales para el arreglo del antiguo salón, que se efectuaría al regreso de Geoffrey Brent, quien deseaba supervisarlo en persona. Portaba consigo dibujos detallados de un salón en la residencia del padre de su esposa; quería reproducir para ella la estancia a la que estaba acostumbrada. Como había que rehacer las molduras, se llevaron postes y tableros para montar andamios y lo dejaron todo apilado a un lado del gran salón, así como un enorme tanque o caja de madera para mezclar la cal, de la que también se dispusieron unos cuantos sacos.

Cuando llegó la nueva señora de Brent's Rock, repicaron las campanas de la iglesia y hubo júbilo generalizado. Era una criatura maravillosa, plena de la poesía, el fuego y la pasión del sur; y las pocas palabras en inglés que había aprendido fueron pronunciadas de modo tan dulce y vacilante que de inmediato se ganó el corazón de la gente, que no sabía qué le gustaba más de ella, si la música de su voz o la belleza arrebatadora de sus oscuros ojos.

Geoffrey Brent se mostraba más feliz que nunca; pero su expresión tenía un cariz oscuro y ansioso que quienes lo conocían desde hacía mucho identificaron como algo nuevo, y a veces se sobresaltaba, como por la irrupción de una voz inaudible para los demás.

Y pasaron los meses y corrió el rumor, cada vez más insistente, de que en Brent's Rock iba a haber un heredero. Geoffrey era muy cariñoso con su mujer, y su vínculo parecía haberlo aplacado. Mostraba mayor interés que nunca en sus arrendatarios y en las necesidades de estos; y abundaron las obras de caridad, tanto por parte de él como de su encantadora y joven esposa. Geoffrey parecía haber depositado todas sus esperanzas en el niño que se hallaba en camino, y, al poner la vista en el futuro, la oscura expresión que le alteraba el rostro fue poco a poco apagándose.

Mientras tanto Wykham Delandre seguía alimentando su ansia vengativa. En el fondo de su corazón había brotado un deseo de represalia que solo aguardaba una oportunidad para cristalizar y adoptar su forma definitiva. Su vaga idea se centraba en la esposa de Brent, a sabiendas de que podía infligirle más daño a través de aquellos a los que amaba, y los tiempos venideros parecían albergar en su seno la oportunidad por él anhelada. Una noche estaba él sentado a solas en el salón de su casa. En otra época había sido una bella estancia, a su estilo, pero el tiempo y el abandono le habían pasado factura y su estado ahora era poco más que ruinoso, sin rastro de dignidad ni pintoresquismo de ninguna clase. Él llevaba un buen rato bebiendo sin parar y se hallaba algo más que atontado. Le pareció oír a alguien en la puerta y alzó la vista. Ordenó a gritos a quien fuera que pasara, pero no se produjo respuesta. Farfulló una blasfemia y retomó sus libaciones. Poco después, sumido en el atolondramiento, inconsciente de cuanto lo rodeaba, se sobresaltó de repente al ver que ante él se hallaba en pie alguien o algo que recordaba a una versión ajada y fantasmagórica de su hermana. Por unos instantes lo dominó el miedo. La mujer que estaba frente a él, de rasgos deformados y mirada ardiente, apenas parecía humana, y lo único que conservaba de su hermana, tal como antes había sido, era la abundante melena dorada, si bien se hallaba ahora entreverada de gris. Ella lo contempló fría y prolongadamente, y él, al mirarla a su vez y cobrar conciencia de lo real de su presencia, sintió rebrotar en su corazón el odio que antaño había sentido contra su hermana. Toda la cólera contenida durante el último año cobró voz de súbito cuando él preguntó:

—¿Qué haces aquí? Estás muerta y enterrada.

—Estoy aquí, Wykham Delandre, no porque te quiera, sino porque odio a otro incluso más de lo que te odio a ti.

Sus ojos ardían de cólera.

—¿A él? —susurró su hermano con rabia tal que la mujer se asombró y requirió un instante para recobrar la calma.

—¡Sí, a él! —respondió—. Pero no te confundas, mi venganza es cosa mía, y solo me serviré de ti para que me ayudes.

—¿Se casó contigo? —preguntó Wykham.

El deteriorado rostro de mujer se ensanchó en un escalofriante intento de sonrisa. Fue un simulacro espantoso; los rasgos rotos y las suturas adoptaron extrañas formas y tonalidades, y cuando los músculos tensionados presionaron contra las viejas cicatrices asomaron desagradables líneas blancuzcas.

—¡Eso te gustaría saber! A tu orgullo le halagaría enterarse de que tu hermana llegó a casarse de verdad. Bien, nunca lo sabrás. Aquella fue mi venganza contra ti y no pienso cambiarla ni un ápice. He venido esta noche nada más que para hacerte saber que estoy viva, y así, si allí adonde me dirijo soy víctima de alguna forma de violencia, habrá un testigo.

—¿Adónde vas? —reclamó saber el hermano.

—¡Es asunto mío! ¡No tengo la menor intención de decírtelo!

Wykham se levantó, pero había bebido demasiado y se tambaleó y cayó desplomado. Tendido en el suelo declaró su intención de seguir a su hermana; y en un estallido de humor enfermizo le dijo que la seguiría a través de la oscuridad gracias al brillo de su pelo y de su belleza. Ella se volvió hacia él

y le dijo que habría otros para los que su cabello y su belleza serían también causa de arrepentimiento.

—Es lo que le pasará a él —siseó—, porque el pelo permanece aunque la belleza haya desaparecido. Cuando liberó el freno y nos lanzó al río, precipicio abajo, poco le importó mi belleza. A lo mejor la suya también se arruinaría si bajara dando tumbos contra las rocas del Visp, como me sucedió a mí, o si acabara convertido en un témpano de hielo. ¡Pero dejemos que se preocupe! ¡Su hora se acerca! —exclamó, y abrió rabiosa la puerta y desapareció en la oscuridad.

Más tarde, esa misma noche, la señora Brent, que no estaba dormida del todo, se sobresaltó y dijo a su esposo:

—Geoffrey, ¿no ha sido eso el ruido de una cerradura en la planta baja?

Pero Geoffrey —pese a que a ella le había parecido que también se había sobresaltado con el ruido— parecía profundamente dormido y su respiración era rítmica. La señora Brent volvió a adormecerse, pero se despertó de nuevo al notar que su esposo se había levantado. Él estaba a medio vestir y mortalmente pálido, y cuando la lámpara que llevaba en la mano le iluminó la cara, a ella le asustó su mirada.

—¿Qué pasa, Geoffrey? ¿Qué haces? —preguntó.

—¡Calla, pequeña! —respondió él con tono extraño, áspero—. Duerme. Estoy intranquilo. Voy a terminar un trabajo que dejé a medias.

—Tráelo aquí, esposo —dijo ella—. Tengo miedo de estar sola. No me gusta que no estés conmigo.

A modo de respuesta él se limitó a besarla y salió cerrando la puerta. Ella permaneció despierta un rato, hasta que la fatiga se impuso y cayó dormida.

Se despertó bruscamente, con el eco en los oídos de un grito acallado, proveniente de no muy lejos. Saltó de la cama, corrió a la puerta y escuchó, pero no se oía nada. Preocupada por su esposo, lo llamó: «¡Geoffrey, Geoffrey!». Al cabo de unos instantes se abrió la puerta del gran salón y apareció Geoffrey, pero sin la lámpara.

—¡Calla! —susurró, en tono áspero y severo—. ¡Calla! ¡Vuelve a la cama! Estoy trabajando y no se me debe molestar. ¡Vuelve a la cama y no despiertes a toda la casa!

Con un escalofrío, pues nunca había oído hablar a su esposo con tal aspereza, ella regresó a la cama a regañadientes y se tumbó, temblorosa, demasiado asustada para llorar, atenta a todos los sonidos. Hubo una larga pausa silenciosa, tras la que llegaron los golpes acallados de algún tipo de herramienta de hierro. A continuación, el ruido de una piedra pesada al caer al suelo, seguido de una maldición entre dientes. Después el sonido de algo al ser arrastrado y nuevos golpes, esta vez de piedra contra piedra. Oyó un sonido extraño, como si abajo estuvieran rascando algo, y luego silencio. Poco después la puerta se abrió lentamente y entró Geoffrey. Su mujer se hizo la dormida pero entre las pestañas lo vio lavarse las manos para retirar algo blanco que parecía yeso.

Por la mañana no hizo ninguna mención a la noche previa; le daba miedo formular preguntas.

Desde aquel día una sombra se cernió sobre Geoffrey Brent. No comía ni dormía como antes, y retomó su antiguo hábito de volverse de pronto como si alguien le hablara a su espalda. Cuando el capataz de los obreros volvió para preguntar cuándo podían continuar los trabajos, Geoffrey había salido con su carruaje; el hombre fue al salón, y, cuando Geoffrey volvió, un sirviente le informó de la visita y de dónde estaba. Con un juramento aterrador apartó a un lado al sirviente y corrió al antiguo salón. Cuando Geoffrey irrumpió en la estancia, casi se dio de bruces con el trabajador, que se dirigía a la puerta.

—Mil perdones, señor, justo ahora iba a hacer unas averiguaciones. Di orden para que mandaran doce sacos de cal pero no veo más que diez.

—¡Malditos sean los diez sacos de cal y también los doce! —fue la descortés e incomprensible réplica.

Sorprendido, el trabajador trató de cambiar de tema.

—Verá usted, señor, hay un pequeño desperfecto que nuestros hombres deben de haber causado, pero, naturalmente, mi superior correrá con los gastos de la reparación.

—¿De qué está hablando?

—Aquella losa de la chimenea, señor. Algún idiota debe de haber apoyado en ella el poste de un andamio y la ha partido por la mitad. Es un poco extraño, porque es muy gruesa y parece capaz de soportar cualquier peso.

Geoffrey se quedó un minuto callado, al cabo del cual dijo en tono contenido y de modo mucho más cortés:

—Diga a sus hombres que de momento no voy a hacer nada en el salón. Lo dejaré como está durante un tiempo.

—Muy bien, señor. Enviaré a unos muchachos para que se lleven los andamios y los sacos de cal y adecenten esto un poco.

—¡No! ¡No! —dijo Geoffrey—. ¡Déjenlo todo donde está! ¡Yo le avisaré cuando haya que reanudar el trabajo!

El capataz se fue y dijo luego a su jefe:

—Yo mandaría la factura por el trabajo que ya está hecho. Me parece a mí que no sobra el dinero en esa casa.

En una o dos ocasiones Delandre intentó interceptar a Brent en la carretera, y, al comprobar que nada conseguiría así, cabalgó tras el carruaje gritando:

—¿Qué ha sido de mi hermana, tu mujer?

Geoffrey fustigó a los caballos para ponerlos al galope, y el otro, al ver por su palidez y porque su esposa estaba al borde del desmayo que había conseguido su propósito, se alejó soltando una carcajada.

Esa noche, cuando Geoffrey entró en el salón y pasó junto a la gran chimenea retrocedió asustado, sofocando un grito. Con gran esfuerzo, se recompuso y salió de la estancia, a la que regresó portando una luz. Se inclinó sobre la losa rota de la chimenea para comprobar si la luz de la luna que atravesaba la historiada ventana le había engañado. Con un gemido de angustia cayó de rodillas. Sin lugar a dudas, a través de la grieta en la losa rota, asomaban unas hebras de cabello dorado, entreveradas de gris.

Alertado por un ruido en la puerta, se volvió y vio a su mujer, en pie en el umbral. En la desesperación del momento, tomó medidas para evitar que ella descubriera nada; encendió una cerilla con la lámpara, se agachó y quemó el pelo que brotaba de la losa rota. A continuación, levantándose de modo tan despreocupado como le fue posible, simuló sorpresa al ver a su esposa a su lado.

Pasó la siguiente semana presa de la agonía, ya que, bien por casualidad o bien por designio, le era imposible estar a solas en el salón. En cada visita, el cabello había vuelto a crecer a través de la grieta y él debía vigilarlo en todo momento a fin de que su espantoso secreto no fuera descubierto. Intentó dar con un escondrijo fuera de la casa para el cadáver de la mujer, pero siempre lo interrumpía alguien; y, en una ocasión, cuando salía por su puerta secreta se topó con su esposa, que lo interrogó al respecto y dejó manifiesto su asombro por no haberse percatado nunca de la llave que él le mostraba ahora con tanta renuencia. Geoffrey amaba sincera y apasionadamente a su mujer, así que la posibilidad de que ella descubriera sus temibles secretos, o incluso de que dudara de él, lo colmaba de angustia; y al cabo de un par de días no pudo evitar llegar a la conclusión de que, cuando menos, ella sospechaba algo.

Esa misma noche ella entró al salón después de su paseo y lo encontró sentado y deprimido ante la chimenea apagada. Le habló sin rodeos.

—Geoffrey, ese hombre, Delandre, ha hablado conmigo. Dice cosas horribles. Me ha contado que hace una semana su hermana volvió a casa, convertida en una ruina, en un despojo. Lo único que quedaba de ella tal como era antes era su pelo, dorado como el oro, y lo advirtió de un propósito ominoso. Me preguntó dónde está ella, pero, Geoffrey, ¡está muerta, muerta! ¿Así que cómo puede haber vuelto? ¡Estoy muy asustada y no sé qué hacer!

A modo de respuesta, Geoffrey prorrumpió en un torrente de blasfemias que la hizo estremecerse. Geoffrey maldijo a Delandre y a su hermana y a toda su familia, y en especial dedicó maldición tras maldición a su cabello dorado.

—¡Calla, calla! —dijo ella, y también guardó silencio, pues le daba miedo el estado de su esposo.

Geoffrey, impulsado por la rabia, se levantó y se apartó de la chimenea, pero se detuvo de súbito al ver la nueva expresión, de terror, en el rostro de su esposa. Siguió la dirección de su mirada y también se estremeció, porque un mechón dorado asomaba por la grieta de la losa y yacía sobre esta.

—¡Mira, mira! —gritó ella—. ¡Una aparición fantasmal! ¡Vámonos, vámonos de aquí!

Y aferrando a su esposo por la muñeca, con el frenesí fruto de la locura, lo sacó a rastras de la estancia.

Esa noche ella sufrió fiebre muy alta. El médico del distrito acudió de inmediato a atenderla y se telegrafió a Londres solicitando asistencia de un especialista. Geoffrey estaba desesperado; la angustia que le causaba la situación de su joven esposa casi le hizo olvidarse de su crimen y de las consecuencias de este. Por la tarde el médico tuvo que irse para atender a otros pacientes, dejando que Geoffrey se ocupara de su mujer.

—Recuerde, debe usted conseguir que permanezca serena hasta que yo vuelva mañana por la mañana, o hasta que otro médico se haga cargo del caso. Lo que hay que evitar, por encima de todo, es otro arrebato emocional. Cuide de mantenerla abrigada. Nada más se puede hacer.

Más tarde, esa noche, cuando toda la servidumbre se había retirado ya, la esposa de Geoffrey se levantó de la cama y dijo a su marido:

—¡Vamos! ¡Vamos al antiguo salón! ¡Yo sé de dónde sale el oro! ¡Quiero verlo crecer!

Geoffrey la habría detenido de buen grado, pero, por una parte, temía por la vida y la cordura de su esposa, y por otra quería evitar que, en un ataque, ella anunciara a gritos sus terribles sospechas, y viendo que era inútil tratar de disuadirla, la envolvió en una manta y la acompañó al antiguo salón. En cuanto entraron, ella echó la llave.

—No quiero que ningún desconocido nos moleste esta noche a nosotros tres —susurró con una lánguida sonrisa.

—¿Nosotros tres? ¡Aquí solo estamos dos! —dijo Geoffrey estremeciéndose. Tuvo miedo de decir nada más.

—Siéntate aquí —dijo su esposa apagando la luz—. Sentémonos junto a la chimenea y veamos crecer el oro. ¡La luz plateada de la luna tiene celos! Mira cómo se desliza sigilosa por el suelo hacia el oro, ¡nuestro oro!

Geoffrey miró, con temor creciente, y comprobó que en las horas que habían mediado desde su última visita al salón el cabello que salía de la grieta en la losa había seguido creciendo. Trató de taparlo poniendo los pies sobre la rotura; y su esposa, acercando su silla a la de él, apoyó la cabeza en su hombro.

—No te muevas, querido —dijo—. Quedémonos sentados, sin movernos, y observemos. ¡Juntos descubriremos el secreto del oro que crece!

Él la rodeó con un brazo y permaneció sentado en silencio, y, mientras la luz de la luna se deslizaba por el suelo, ella se quedó dormida.

Tenía él miedo de despertarla, así que siguió sentado y abatido mientras transcurrían las horas.

Ante sus ojos horrorizados, el cabello dorado crecía y crecía, y al mismo tiempo el corazón de Geoffrey se enfriaba cada vez más, hasta que al final no le restaron fuerzas para moverse, y se quedó sentado, contemplando horrorizado su condenación.

Por la mañana, cuando llegó el médico de Londres, Geoffrey y su mujer no aparecían por ningún lado. Buscaron inútilmente en todas las habitaciones. Como último recurso, se forzó la gran puerta del antiguo salón y quienes entraron se encontraron con una visión triste y escalofriante.

Junto a la chimenea apagada se hallaban sentados Geoffrey Brent y su joven esposa, helados, pálidos y muertos. La expresión de ella era pacífica y tenía los ojos cerrados como si durmiera; pero el rostro de él, con una expresión de horror intolerable, hizo estremecerse a cuantos lo presenciaron. Tenía abiertos los ojos, que miraban vidriosos a sus pies, enredados en unos mechones de cabello dorado, entreverado de gris, que brotaban de la losa rota de la chimenea.

BRAM STOKER

8 de noviembre de 1847, Dublín - 20 de abril de 1912, Londres

Stoker fue un escritor irlandés, conocido especialmente por una obra tan inmortal como el personaje que le da título: *Drácula*. Hasta los siete años, Stoker sufrió una parálisis que le impedía andar. Sin embargo, en su juventud destacó como futbolista en el Trinity College de Dublín, donde se graduó en Matemáticas.

Entre 1867 y 1877 fue funcionario público en Dublín y durante ese tiempo empezó a escribir críticas teatrales. Así conoció al actor inglés Henry Irving y se convirtió en su secretario y representante durante veintisiete años, hasta la muerte del actor.

En 1890 Bram Stoker publicó su primera novela, *El paso de la serpiente,* y, siete años después, vio la luz su indudable obra maestra, *Drácula.* Su éxito y popularidad hasta nuestros días es tal que Drácula es sinónimo de vampiro. Para crear este personaje, Stoker se basó en la figura de Vlad Tepes, un príncipe de Valaquia que pasó a la historia con el terrorífico sobrenombre de *El empalador,* y en leyendas del folclore europeo, que sirvieron de inspiración para gran parte de sus obras. Aunque la novela no tuvo un éxito inmediato, la crítica y, más adelante, las adaptaciones al teatro y al cine, llevaron la historia al gran público y encumbraron a Stoker como maestro del género de terror.